人生
像一本缺了页的书

〔日〕芥川龙之介 著

陆求实 译

新流出品

目录

I 读书

3　书之事
11　蒐书
13　小说的读者
15　法兰西文学与我
21　爱读之书的印象
24　读书的态度

II 写作

31　我与创作
35　寄语有志于文学家诸君
37　艺术及其他
46　一篇作品的酿成
50　关于两篇风格另类的作品
53　文章和词语
56　小说作法十则

III 杂感

63　骨董羹（选译）

96　杂笔（选译）

118　侏儒的话（选译）

IV 文艺理论与批评

161　"私"小说论小见

169　文艺一般论

200　文艺欣赏讲座

221　文艺的，过于文艺的

I 读书

芥川龙之介 | 1892—1927

书之事

各国戏剧史

我喜欢书,所以写一点关于书的事情。我家的西式装订书中,有一册戏剧史书颇有意思。此书出版于明治十七年(1884年)一月十六日,著者为东京府[1]士族[2]、警视厅警视属僚永井彻。看第一页上的藏

---

1 东京府:东京自1868年由江户改称东京,1871年称东京府,1889年后改称东京市,1943年始改称东京都。
2 士族:日本在明治维新后给予原武士阶级的族称,地位在华族之下、平民之上,第二次世界大战后废除。

书章，得知它曾为石川一口[1]所藏之书。序言中写道："夫戏剧乃一国之活历史、文盲能懂易学之学问。故于欧洲先进国家，缙绅贵族皆重视戏剧。而其之所以达于隆盛，盖因希罗出有名学者，不断改良之故。然吾邦学士凤鄙梨园，置之不顾，迄今记述戏剧之书甚少，可谓文化缺一器。（中略）余有感于斯，每得寸阴辄翻阅美法等国书籍，择其要领编译成此册，因名之曰《各国戏剧史》。"所谓希罗出有名学士，私以为指希腊罗马之演剧诗人，仅此就令我不禁发笑。书中所附三页铜版画中有一幅题为《英吉利俳优吉奥福莱幽囚空窖图》。此画如何看都似是土牢中之景清[2]。吉奥福莱应该是 Geoffrey 罢。了解英吉利古代戏剧史者，见此画或喷饭也未可知。随手再引书中一段："至 1576 年伊丽莎白女王时代，为特别表演，始于黑衣修士院之闲置领地建剧场，为英国正统剧场之

---

[1] 石川一口（？—1886）：日本江户末期至明治时期说书人、狂言（一种幕间滑稽表演）作者。
[2] 景清：日本净琉璃、歌舞伎《出世景清》《檀埔兜军记》等剧目中的主人公。

4

始祖。此剧场属于莱斯特伯爵所有，剧团则由詹姆斯·伯贝奇主宰。俳优之中有威廉·莎士比亚，其时年方十二岁，已于斯特拉特福镇学校习毕初级拉丁文与希腊文。"演员中有威廉·莎士比亚其人！三十余年前日本已隐约可窥见如此文字。此书虽非珍稀书籍，然而此类内容却令我十分喜爱，不忍失损。顺便一提，以前出于喜好我收集有约五十种出版于明治一〇年代之小说，小说自身一般，只是那个时代的活字书物误植远较现今为少，或许其时整个社会更从容，然而我仍旧从中看到背后笃实的人心。由误植又想起曾经读过的石印本《王建宫词》，其中"御池水色春来好，处处分流白玉渠。密奏君王知入月，唤人相伴洗裙裾。"一诗中的"入月"误植为"入用"。入月指女子月事（诗中吟及月事，或许仅见于此宫词），误为"入用"则其意难解。遭此误植，我总以为石印本殊不可信矣。话题回转来。永井彻著《各国戏剧史》之前，是否有过此类著述，尚待考证。之所以存疑，自然仅为我个人之见，并非经过仔细搜访，唯期此道之识者不吝垂教，顺此补录。

《天路历程》

我还有一册汉译《天路历程》。此书也算不得珍稀，不过我却是十分的喜爱。此书日译名亦是《天路历程》，似是沿袭此汉译。汉译本译文准确，几处诗文也以韵文译出，譬如"路旁生命水清流，天路行人喜暂留。百果奇花供悦乐，吾侪幸得此埔游。"大体类此。颇为有趣的，是书中铜版画插图所绘皆中国人模样。见到华丽宫殿，宫殿是中国风，宫殿前行走的也是中国天主教徒。此书于清同治八年（1869年）由苏松上海华草书院出版。序言中写道："至咸丰三年（1853年）中国士子与耶稣教士参译始成。"据此推测，此前似已有其他译本出现。译者名不明。今夏我往北京八大胡同时，见某清吟小班一妓女桌上有着一册汉译《圣经》。《天路历程》之读者中，或恐也有那妓女一般的丽人。

拜伦的诗

我藏有约翰·默里[1]出版的1821年版拜伦诗集：《萨尔丹纳帕勒斯》《福斯卡里父子》《该隐》三种。《该隐》一册附有1821年当时的序言，据此推测另二册悲剧诗集亦同为初版本。我本想考证核实，然而迄今抛置未行动。拜伦将《萨尔丹纳帕勒斯》献给歌德，将《该隐》献给司各特，或恐歌德与司各特所读同我所藏一样，也是印制粗拙之版本。我时常一边作如此想，一边随性翻开泛黄的书页。赠我拜伦诗集的是海军机关学校教授丰岛定先生。我在海军机关学校期间，曾向他请教过难懂的英文，甚或撮借金钱，承蒙关照甚多。丰岛先生极喜食鲑鱼，想来如今每天晚酌之佐酒鲜肴，或许即是生鲑鱼、盐渍鲑鱼抑或糟渍鲑鱼，迭日尝味。翻开拜伦诗集，我会联想及此事，

---

[1] 约翰·默里：英国书商，1768年创立同名出版公司，由其出版的作者有拜伦、简·奥斯汀、歌德、托马斯·罗伯特·马尔萨斯、大卫·李嘉图、查尔斯·达尔文等。

拜伦其人其事几乎从不浮上脑海，偶尔有所联想，却是五六年前读《马捷帕》《唐璜》之事，此二册书均只读一半，至今没有读毕。看来，我于拜伦不过只是无缘众生之一员。

影草

这是梦中故事。在梦里，我与堂姐家孩子在三越百货店二楼闲逛。在悬挂"书籍部"标牌的柜台，见陈列有四开书物一册，竟是鸥外先生任主笔之《影草》。我立于柜前翻阅起来，翻过二三页后方知似是写希腊故事之小说，日译文字平实稳切。"此或为小金井喜美子女士[1]的译作？从前读《今古奇

---

[1] 小金井喜美子（1871—1956）：日本小说家、翻译家，森鸥外之妹，著有《鸥外回忆》《森鸥外的系族》等，另译有阿尔丰斯·都德《星》、保罗·海泽《新学士》、赫尔曼·苏德曼《名誉》等。

观》，其中若干情节与村田春海[1]之《竺志船物语》中情节如出一辙，不知此篇的原文是何模样。"——梦中的我如此想道。读到末尾，署有"若叶生译"。继续往后翻阅，则是多页图画，皆是鸥外先生之书画作品，有莲花图及富士见西行之类。图画之后是书简集，其中一通写道："孩子死了，写不出小说，万望恕宥。"收件人是畑耕一[2]先生。另有多通寄给永井荷风先生，却不知为何收件人处皆写作"荷风堂先生启"。"'荷风堂'倒是有趣。鸥外先生居然……"——梦中我作如是想。至此梦醒了。那天，我读《五山馆诗集》并端详鸥外的签名，其后向畑耕一先生讨要香烟一盒，此般情形便尽交织入了梦。马克斯·比尔博姆[3]曾云，最想收集的书，乃作品中

---

[1] 村田春海（1746—1811）：日本江户中期歌人、国学者，通称平四郎，著有《歌物语》《和学大观》等。
[2] 畑耕一（1886—1957）：日本小说家、戏剧家、作词家，笔名漆架羽、八重庚、多蛾谷素一，俳号蜘盏子，著有《棘之乐园》等。
[3] 马克斯·比尔博姆（1872—1956）：英国散文家、剧评家、漫画家，著有《马克斯·比尔博姆文集》等。

人物所写之架空的书。然而于我,较之《新闻国》初版本,更欲得到的却是此四开本版之《影草》,若能入手确为珍稀之书。

蒐书

以我的天生性情,对任何事情都缺乏执着劲头,尤其是蒐集,除了上小学时蒐集过昆虫标本外,更从不曾热衷于此道。因此,蒐集火柴贴花的就不消说了,即便是这样,对那些蒐集化妆瓶、招贴乃至古今名家书画的诸君,我也抱有一种近似敬仰的感觉,有时则是一种夹杂着些许厌恶的惊叹。

对于书亦不例外。因职业特性我多少也收藏了一些书籍,但并不是我着意去蒐集来的,莫如说是自然积集起来的。倘若是蒐集来的书籍,则必有一个贯穿总体的主题脉络,而我书架上的书是积集起来的,内容错糅纷庞即是明证,没有脉络可寻。

然而，若说完全杂乱无章倒也未必，至少我书架上的书体现出我的爱好，或者说体现出我各个时期爱好的变化。在这一点上，体现我自身，它们同我所写的作品并无二致。以前，我书架上的书都标有购入的年月日，甚至想过写一篇暗示书籍主人一生变化的小品文，又觉得此类小品文酷似西洋人的文章，最终还是作罢。不言而喻，最终作罢乃天下之幸。必须说，书架上的书籍宛似镜子，能映照出书籍的主人这一事实，既令人感到亲切，又令人感到不快（也因此，卖旧书时对其加以刷饰，如同对别人的作品擅作删改，是不道德的）。

我这样的人体会不到唯有收藏家才能体味的喜与悲，因为我或是逛书店而吝于出手，或是依据图书目录挑自己中意的书买，故难有欣喜若狂之情绪。自然，我从未花大笔钱买书。

这能否算是爱书之人的趣事？对此我自己也颇存疑。

小说的读者

依据我的经验,现今的小说读者,基本只读小说的故事情节,还有一种,对小说中描写的生活满怀憧憬。对此,我常常觉得不可思议。

事实上,我的一位友人,尽管生活十分拮据,却喜读描写富豪和贵族的通俗小说。不仅如此,他对描写与自身相仿的生活场景的小说却毫无兴趣。

第三种,则与前述第二种正相反,现今还有部分读者一心追求与自身生活相近的生活。

我以为这些未必是坏事。我自身内心世界里就同时存在这三种心理。我喜欢读情节有趣的小说,同时也喜欢读与自己生活反差较大的小说,最后,当然也喜欢读贴近自己生活的小说。

然而，在欣赏这些小说时，决定我评价的尺度未必是这些心理。如果说我（作为读者）与世间的一般读者有所不同，我以为就在于此。若问决定我的评价的尺度是什么，只能是感受的深刻性。自然，有趣的故事情节同我自身生活的反差性或者贴近性，也会有几分影响，不过我相信，在这些影响之外一定还有另外某些东西起着作用。

被这"某些东西"打动的读者群，可称为读书阶层，或称作文艺知识阶层。

令人想象不到的是，这个阶层极其狭小，可能较西洋的文艺知识阶层还狭小。我并非在此论说这一事实的好与坏，只是陈述一下事实。

法兰西文学与我

中学五年级时，我读了都德小说《萨福》的英译本。当然，天知道我是怎么读的，全然不可当真，我不过是借助词典胡乱翻看而已，但对我而言，那毕竟是我最初接触的法国小说。《萨福》给我留下什么印象，具体已经记不清，我只记得从舞会回家那一段，有五六行描写巴黎拂晓景象的文字，记得当时读来觉得非常有意思。

后来我又读了阿纳托尔·法朗士的《苔依丝》。记得那是因为当时《早稻田文学》新年号上刊有安成贞雄[1]君写的关于此书的介绍，我读过之后马上去丸善书店买了来。此书令我大为倾倒。（即使至今，倘若问我法朗士作品中最有趣的是哪一部，我依旧会当即答以《苔依丝》，其次是《鹅掌女王烤肉店》。名声很大的《红百合》我觉得倒并不怎么出色。）不过，书中的议论部分我只能零零散散地理解个大概，但我还是用彩色铅笔在《苔依丝》书中画了很多线。那本书我至今保存着，当时用彩色铅笔画线最多的地方是巴弗努斯的话。巴弗努斯是亚历山大城的一位高等游民[2]，时常会冒出一些警句——这是我中学五年级时的事情。

进入高等学校[3]后，我的外语能力已经有些像样了，于是时不时会读一些法国小说，不过并不像专

---

1 安成贞雄（1885—1924）：日本评论家、翻译家，著有《文坛杂话》等，译有《地球的存灭》。
2 高等游民：指拥有较高文化智识但不愿从事固定工作、生活闲散的人，日本明治末至昭和初期的流行语。
3 指旧制第一高等学校，当时为东京帝国大学的预科。芥川龙之介于1910年9月因学业优秀而免试进入第一高等学校英文科。

于此道的人那样系统地阅读，而是抓到什么就是什么，来者不拒，粗略地翻看个大概。其中印象最深的是福楼拜的小说《圣安东的诱惑》。此书我拿上手读了数遍，最终还是没有读完。不过，我再拿起"莲花丛书"紫色封面的英译本来读，因为其中省略掉不少内容，我毫不费事就读完了。当时的我自以为读懂了《圣安东的诱惑》，实际上很受紫色译本的误导。我最近读开培尔[1]先生的随笔集，先生也认为此书和《萨朗波》都是很无聊的书。对此我大感快慰。不过与此书比起来，《萨朗波》对我而言不知道多么有趣啊。后来读莫泊桑，虽然很佩服他，但我不喜欢他。（即使是今天，他有两三部作品我读了仍会感到不快。）不知什么原因，在进大学之前左拉的长篇小说我一部都没有读过。从那时候起，我就觉得都德和久米正雄有种难以言传的相似。不过当时的久米正雄才刚刚在

---

[1] 拉斐勒·开培尔（1848—1923）：俄籍德国哲学家、音乐家，1893年赴日，先后在东京帝国大学、东京音乐学校教授哲学、文学、音乐，后死于日本。

一高[1]的校友会杂志上发表诗歌，显然都德给人的感觉更加优秀。戈蒂埃[2]的作品也令我非常着迷，总之是华丽无双，不管长篇还是短篇的阅读感受都非常痛快。不过，广受称赞的《莫班小姐》却不像西方人评价得那么好，他的《化身》和《克利奥帕特拉的一夜》两个短篇，感觉也并没有浑然如玉到令乔治·穆尔[3]诚惶诚恐的地步。同样是以坎道列斯王[4]的传说为素材，黑贝尔[5]却创作出令人震撼的《吉格斯和他的戒指》，相反，看戈蒂埃的短篇，无论是主人公国王，还是其他角色，一点都不生动，很无趣。许久以后，我读黑贝尔的剧本时，编纂者在序言中提到一种说

---

1 一高：旧制第一高等学校。
2 戈蒂埃（1811—1872）：法国诗人、小说家、剧作家，著有诗集《珐琅和玉雕》《青年法兰西》，小说《莫班小姐》《木乃伊的故事》。
3 乔治·穆尔（1852—1933）：爱尔兰诗人、小说家、评论家，著有《伊芙林·茵尼丝》《埃斯特·沃特斯》《一个青年的自白》等。
4 坎道列斯王：古代吕底亚的国王，据历史学家希罗多德所述，希腊人称其为"米尔西洛斯"，"坎道列斯"是其宗教名。
5 黑贝尔（1813—1863）：德国剧作家，著有《马利亚·马格达勒娜》《尼伯龙根三部曲》等。

法，即黑贝尔很可能是从戈蒂埃的短篇故事中得到的灵感。于是我又找出戈蒂埃的作品翻读，这种感觉越发强烈。自那以后，戈蒂埃的作品我再也不想读了。

总体来说，谈了我高等学校时代读过的一些书，我觉得并没什么特别之处，充其量就是故弄玄虚而已。不过既然谈到了这段往事，我想再补充一点。就是当时以及那之后的五六年时间里，我读的法兰西小说大多或距离现代不太遥远，或者就是现代作家写的作品。粗略向上回溯一下的话，如夏多布里昂[1]，最远也就到卢梭或伏尔泰为止，更久远年代的作品就没有涉足了（莫里哀是个例外）。当然，文坛笃学之士很多，其中或许有哪位大家甚至《十一世纪法国散文故事集》也读过。除此之外，可以说我所读的小说也正是文坛普遍阅读的法兰西文学。因此谈论我所读过的小说，和广大文学界之间也有着密切的联系，千万不要视作傻话——毫不夸大其词地说，我只读过这些

---

1 夏多布里昂（1768—1848）：法国外交家、小说家，著有《阿达拉》《墓畔回忆录》等。

书这事本身，同时也意味着对文坛产生影响的法兰西文学大概除了这些书之外就没有别的什么了。文坛既没有受到拉伯雷[1]的影响，也没有受到过拉辛[2]或高乃依[3]的影响，主要只是受到19世纪以后的作家们的影响。这一说法的证据是，即使私淑法兰西文学最甚的诸位前辈的小说中，也看不到蕴含高卢精神的那种气势磅礴的作品，19世纪以后的作家中偶尔迸出一些高卢精神的轻松诙谐，但文坛对此充耳不闻。从这一点来说，日本的高蹈派[4]，正如鸥外先生的小说一样，永远只是严肃的送葬队伍——或许这样说也不无道理。因此，愈发不能把我所说的当成傻话了。

1　拉伯雷（约1494—1553）：法国小说家、教育家，著有《巨人传》。
2　拉辛（1639—1699）：法国剧作家，代表作有《安德洛玛克》《以斯帖》《亚历山大大帝》等。
3　高乃依（1606—1684）：法国剧作家，代表作有《贺拉斯》《西拿》《波里厄特》等。
4　高蹈派：原为法国19世纪后半叶兴起的一个诗歌流派，明治初期被译介至日本，逐渐形成具有日本特色的文学流派，其文学思想主要表现在反对自然主义文学思想上，表达对伦理和理性的批判精神，旨在追寻和探求真正的人生之路，代表人物有森鸥外、堀口大学等。

爱读之书的印象

小时候的爱读之书，首推《西游记》。这类书至今仍是我最爱的。作为一部神怪小说，这样的杰作我认为在西洋是完全找不到的，即使名声藉甚的班扬[1]之《天路历程》等，无论如何也无法与之俦比。《水浒传》也是我爱读的书之一。此书也至今仍旧爱读。有一阵，我甚至能将《水浒传》中一百零八位豪杰的名字统统背下来。那时候我也觉得，较之押川春浪[2]式

---

[1] 班扬（1628—1688）：英国布道家、小说家，著有《天路历程》《培德曼先生的一生》等。

[2] 押川春浪（1876—1914）：日本小说家，本名方存，著有《海底军舰》《武侠日本》《新日本岛》等。

的冒险小说之类，《水浒传》《西游记》要有趣多了。

进高中之前，我开始喜欢上德富芦花的《自然与人生》、樗牛的《平家杂感》及小岛乌水[1]氏的《日本山水论》。同时，夏目先生的《我是猫》、镜花氏的《风流录》、绿雨的《霰酒》等也是我的爱读之书。因此，我没有资格笑话别人。我也曾有过像《文章俱乐部》[2]"青年文士录"中所描写的"托尔斯泰、坪内士行、大町桂月[3]"那样的时代。

高中毕业后我读了各种各样的书，却谈不上有特别喜爱的，概而言之，比较欣赏的是王尔德和戈蒂埃那类文笔华丽的小说，这或许是我的性格使然；另一方面，说实在的也确有厌倦了日本自然主义小说的逆反心理这个因素。高等学校毕业前后那段时间，不知

---

1 小岛乌水（1873—1948）：日本登山家、随笔家，本名久太，著有《山的风流武者》《日本阿尔卑斯山》等。
2 《文章俱乐部》：由新潮社出版发行的杂志，主要面向青年读者，"青年文士录"是其中一个专栏，介绍文坛新人读书和创作的相关信息。
3 大町桂月（1869—1925）：日本诗人、评论家，本名芳卫，著有《黄菊白菊》《我的文章》等。

何故，我的阅读兴趣以及对事物的看法发生巨大转变，对前面提到的王尔德和戈蒂埃这类作家的作品变得极其讨厌。我沉迷于斯特林堡等人的作品即始自那个时候。以我当时的认知来说，凡不具有米开朗琪罗那般力量感的艺术统统是毫无价值的破烂。我想，这应当是受了当时读的《约翰·克利斯朵夫》等书籍的影响。

这种认识一直持续到我大学毕业，不过对于那种喷薄欲燃的力量的崇拜心理其后开始逐渐减弱。从一年前开始，最能吸引我的反倒是那些具有沉静之力的书籍。不过，说是沉静，倘若仅仅是静但缺乏力的作品我是不感兴趣的。就这一点来说，如今我最感兴趣的是司汤达、梅里美，以及日本的井原西鹤等人的小说，既读来有趣，又受益匪浅。

顺便补充一句。前些时，我找出来《约翰·克利斯朵夫》重又翻读了一下，已经不复往昔那种兴致了。心想或许再不会对以前读过的书有任何兴趣了，随后又找出《安娜·卡列尼娜》来读了两三章，所幸读完之后的感受一如当年。

读书的态度

在谈论给女性推荐读什么书好的话题之前,有必要先思考一下,究竟有没有只适宜女性阅读的书籍这个问题。

于是,首先想到的便是裁缝书、料理书,以及关于育儿之类的书籍。不错,这类书大体来说只有女性才会阅读。然而,说到给女性推荐阅读什么书好,较之裁缝书、料理书又或者育儿书之类,似乎更应该去寻找那些能满足女性精神需求的书。因此,理应在这类书籍之外,想一想还有什么适合女性阅读的其他书籍。

其次,是一些杰出女性的传记读物。历来,说到女性读物，很多人会推荐《贞德[1]传记》《南丁格尔[2]传记》等等。然而，这些杰出女性的传记，究竟是否像裁缝书、料理书一样，仅仅只对女性有所助益呢？换言之，这类传记的主人公是女性这一事实果真对女性读者有那么大的影响吗？不错，就女性这一点而言，贞德也好，南丁格尔也好，同《良妇之友》的热心读者一样，无疑具有共同之处。然而，性别上的共同，是否较之思想及感情上的共同具有更大影响是值得怀疑的。我以为，对现代女性来说，较之知道贞德、南丁格尔的人生如何，至少更想知道托尔斯泰的人生是什么样的。

除杰出女性的传记读物之外，经常还会有人推荐一些女性所写的书作为女性读物。一如杰出女性的传记那样，作者和读者均为女性这一点，并不较其他书

---

[1] 贞德（1412—1431）：法国民族英雄，英法百年战争中的重要人物，后来逐渐成为西方文化的一个重要符号，被视为推动法国民族意识觉醒的重要人物。
[2] 南丁格尔（1820—1910）：出生于意大利的英国护士，近代护理学和护士教育的创始人。

籍有更值得推荐的理由。

就是说,裁缝、料理、育儿之类的书籍——有关女性在现实生活中扮演的角色的书籍——之外,是否存在只适宜女性阅读的书籍,本身就是个疑问。女性,除了其女性身份以外,首先是一个人,在选择阅读书籍时,不应拘泥于性别身份,不妨何种书籍都拿来阅读。事实上,现代的女性我想不论什么类型的书籍也都有所阅读。

何种书籍都可以阅读,很是令人茫然不知所指。实际上,说到书籍以及书籍的选择,只能听任个人自由。即使告诉他什么书好,但读者若是领会不到,则无论读什么样的杰作都不会有裨益。

试举一例,我读到女性杂志中登的某女子学校校长的言论,提到各种各样的书名,完全是一本正经的胡说八道。想到众多女性在受那样的先生的教育,更觉我们必须为女性而考虑读书的事情。

然而,如前所说,说到读什么样的书才好这个问题,所谓读过就会对任何人有所助益的书籍,根本就不存在,除非在出版书商的广告中,完全不值得相信。

既不存在普适万人的书籍，问题便只能转至读者自身的功夫上来。我以为，较之读什么样的书，更重要的事情是如何读书。

而说到如何读书，或许多少会因人而异，但不受任何人的影响，以老老实实的态度读书才最要紧。所谓任何人的影响，是指世间评价、前辈之说、女子学校校长的建议等他人的意见。

读者自身觉得有趣就是有趣，觉得无趣就是无趣——应当以此种态度毫无顾忌地去读。如此，读者的水平一定会逐渐提高。

这不仅限于读书这件事。任何事情，倘若自己不沉下心来做，男人也好女性也罢，只能是一生至死都是自己精神上的奴隶。

Ⅱ 写作

芥川龙之介 | 1892—1927

我与创作
——《烟草与魔鬼》序言

我写的作品素材多取自古书,所以有人认为,我像个爱摆弄古董的老者,东奔西走一心搜寻冒牌货。其实不然。孩提时代我接受的是衅弊不少的旧制教育,所以很小就开始阅读跟现代不太关联的书,现在仍是如此。从这些古书中我很自然会发现创作素材,绝对不是专为搜寻素材而读书(当然,即使是为了搜寻素材而读书,也不是坏事)。

然而即使有了素材,我若不能沉入素材,感受不能与素材融为一体,是不能动笔写小说的,倘若硬着头皮写,写出来的东西肯定支离破碎,我曾因为心焦而匆匆动笔,吃过几次苦头。但让我头痛的,是不知道什么时候才能进入一心一意创作的状态，有时素材入手，立即就投入了创作，有时则几乎快将素材忘记的时候才算开始创作。而每当这种时候，即使是吃饭、看书、如厕，都不在话下，那一刻，我感觉眼前有道光。

因此，一旦有东西可写的时候，我就开始动笔。写作时间是整个上午，以及傍晚六点至半夜十二点左右，这两段时间写起来最顺畅，过了夜半，尽管仍忘我地走笔，但第二天往往会产生一种腻烦的心理。从天候来讲，刮风的日子不行。以季节而言，十月至翌年四月似乎比较理想。至于场所，只要安静、能保证一定程度的光亮，什么地方都可以。

一旦动起笔来，我常会动怒。不过，这是因为我已经沉浸在一个容易动怒的环境中，否则我肯定不会动怒，至少情绪是相当稳定的。然而，总也无法那般尽如人意，所以写作时经常会朝家里人叱呵。

只要不动怒，写起文章来就进展迅速，有时前后两个字之间的短暂时隙我都会觉得讨厌。如笔下钝滞，我便随手翻览桌上的书籍，随意读上三两页，然后继续写下去。这种时候读的书，什么内容都无所谓。童年的时候起，我就养成了翻阅词典的习惯，迪克森[1]编纂的《英语惯用语词典》我读了许多遍。虽说是写东西，内容划掉的也包含在写作时间内，故以定稿页数与所费时间之比而言，我属于下笔迟缓的作者。该划掉的我毫不惋惜。尽管进度缓慢，可我觉得划掉的还不够多。

关于写作过程中的心境，我认为与其说是生造心境，不如说是培养心境。人物也好，事件也罢，能使其出现在那里的原因只有一个。我一边寻找这"只有一个"的东西，一边往下写。如果找不到"这一个"，就无法向前推进，继续写，必然是勉强为之。因此，必须始终紧绷注意力，然而即使绷紧了注意力，难免还是会有疏忽。这种时候我会很痛苦。

其次，在文章方面，我常常是无谓地自寻烦恼。

---

[1] 迪克森（1856—1933）：英国语言学者、教育家，1880—1892年先后在日本工部大学校（帝国大学大学院工学部前身）和帝国大学教授英文，学生中有斋藤秀三郎、夏目漱石等，编纂有《英语惯用语词典》，汉译本题名为《英语成语辞林》。

有时候，由于故事时间、故事地点的框限，有的词语我无论如何也不能使用。我还异常顾虑句子的格调。对此，我无可奈何。譬如"柳原"这个街间名称，令我感觉应该有一片绿色，既然没有与绿色相谐适的关于色彩的词语，我就无论如何也不愿使用"柳原"这个词。这一点，我觉得是时间、地点在作祟。

作品完成，我总是精疲力竭，思忖着一段时间将拒绝写东西。然而，如果一周什么东西也不写，心里便觉空落落的，又想写点什么。于是，之前的过程重又循环。照此状态，我大概至死都要受这种折磨。

写的东西变成铅字，读起来却有许多地方令自己厌嫌。我至今都真切地认为，较之写法，自己对物事的认识无可救药。可以说，我从开始写作起，便想抛除对日常生活的情感，然后读自己写的东西，有时会觉得需要改动，但有时改动后又发现比改动前的还糟糕。我自己也不清楚其中原因，或许是每个写作瞬间的种种因素各有不同。

寄语有志于文学家诸君

有志于成为文学家的初中生,必须努力学好数学。否则,头脑思路总不清晰,终难成为优秀的文学家。切记此言。

有志于成为文学家的初中生,必须努力学好体操。否则,体弱多病,终难成就人生大业。切记此言。

有志于成为文学家的初中生,必须对国语作文等课程淡然处之。倘若精通于此类课程,将连半个文学家都难以成全。切记此言。

我反复强调,那些自认不擅数学、厌恶体操反而自得于文学天分优裕的人,那些自认国语分数高、作文得"甲"多即为天才的人,在向天下宣示自己愚蠢的同时,也冒渎了文学之大道。此乃经验之谈。我的初中时代就未依此法而有效度过,至今仍十分懊悔。以此告诫有志于成为文学家的青年诸君。

艺术及其他

艺术家必须力求作品完美。若非如此，献身于艺术便没有任何意义。纵使人道方面令人感动，但若仅追求这种感动，聆听一番说教亦可同样获得。既然献身于艺术，首先我们就必须给予作品艺术的感染力。为此，我们唯有力求作品完美而别无他途。

为艺术而艺术，一步走偏就会掉入艺术游戏论。

为人生而艺术，一步走偏就会掉入艺术功利论。

所谓完美，并非要求作品完美无缺，而是努力实现分门别类各种发展的艺术理想。这一理想久久不能实现，艺术家应当感到羞耻。因此，所谓伟大的艺术家，就是在一个完美的艺术门类中最为成功的艺术家。若举一例，歌德便是。

人当然无法超越自然所赋予的能力限制，但如果因此而懒惰不争，则连能力边界在哪里也不知道，因此人人都要有争当歌德的气概，努力奋进。如若羞于争当歌德，再过有多少年仍连歌德家的车夫也当不上。理所当然的，也没有必要到处吹嘘自己马上要成为歌德。

当我们走向艺术完美之路时，有个东西会妨碍我们的努力和奋进。偷安之念？不是。是种更不可思议的感觉，如同登山，人越往上爬，越莫名其妙地留恋云层之下的山麓。这样说如果还不明白——只能说，这种人于我就是无缘众生。

树枝上一条毛毛虫，因气温、天候、鸟类等外敌之故，时时处于生命危险之中。艺术家为了守护自己的艺术生命，也须像这毛毛虫一样克服各种危险。其中最可怕的是停滞不前。不，艺术之境是没有停滞可言的，不进必退。艺术家一旦退步，往往一种自动功能开始启动，意思是总写同样的作品。自动功能启动，只能认为其作为艺术家已进入濒死状态。我自己在写《龙》时，明显已濒临这样的死亡。

艺术观更正确的人，未必就能写出更好的作品。每每念及此，唯有我自己感到凄凉？但愿不只我一个。

内容是本，形式是末——这种说法颇为流行。但这却是似是而非的谎言。作品的内容，必然与形式融为一体。倘若以为可以先有内容，然后配以某种形式，这是对创作真谛一无所知者的论调。举个简单的例子就会明白。《群鬼》[1]中欧士华呼喊："太阳！"这一幕场景，谁都有所知晓，但这句台词的含义是什么？以前坪内博士[2]在《群鬼》的解说中，曾将它释为"黑暗"。"太阳"与"黑暗"穿凿附会讲的话或许也可相通，但在话语内容上，两者真是云泥之隔。"太阳！"这句庄严台词的内容，只能通过"太阳！"

---

1 《群鬼》：易卜生的作品，欧士华是剧中主人公阿尔文太太的儿子。
2 坪内士行（1887—1986）：日本戏曲家、戏剧评论家、翻译家，著有《哈姆雷特及哈姆雷特研究》《新歌舞剧十二集》《坪内逍遥研究》等，另译有易卜生、莎士比亚戏剧多种。

这样的形式来表达。能够准确地、整体性把握融合为一的内容与形式，正是易卜生的高明之处，埃切加赖[1]在《唐璜之子》的序言中对此大加赞赏也就不足为怪了。倘若把这句台词的内容与这句台词的抽象意义混同，就会导致错误的内容偏重论。令内容完整且巧妙表达出来的不是形式，因为形式存在于内容之中，或者反之亦然。对于不相信这种微妙关系的人，艺术之书是永远不会打开的。

艺术始于表现又终于表现。不作画的画家、不写诗的诗人这类话，除了用作比喻之外，没有任何意义。要知道，这比说不白的白粉笔更加愚蠢。

然而，尊奉错误的形式偏重论也是种不幸，只恐比尊奉错误的内容偏重论在现实中更为不幸，后者看不见星星但至少能看见陨石，前者却见到一只萤火虫也误当作星星。从素质、教育及其他各方面考虑，我

1　埃切加赖（1832—1916）：西班牙数学家、剧作家、政治家，代表剧作有《疯狂与圣明》《唐璜之子》《玛丽亚娜》等，他还是西班牙银行的创立者。

常提醒自己，勿被这种错误的形式偏重论的喝彩冲昏头脑。

当全神贯注欣赏伟大艺术家的作品时，我们屡屡被其强大的感染力征服，而对其余作家悉数视若无睹，仿佛直视过太阳，当眼睛转向别处，只能看到周围一片黑暗。我第一次读《战争与和平》时，不知有多蔑视其他俄国作家。这当然是要不得的。须知，太阳之外，还有月亮和无数的星星。歌德对米开朗琪罗《最后的审判》叹服不止时，对于轻视梵蒂冈的拉斐尔仍采取了踌躇犹豫的态度。

艺术家为了创作出非凡的作品，在某种时候某种场合，可能会向恶魔出卖自己的灵魂。当然，这也包括我自己。较之于我，有人会更轻易地这样做。

来到日本的靡非斯特[1]说："任何作品，让人挑不出毛病的可以说没有。聪明的评论家应当做的，只需把握其毛病被普遍附和的机会，然后利用这个机会，

1　**靡非斯特**：靡非斯特菲勒士，歌德诗剧《浮士德》中的**魔鬼**形象，也可用来形容狡猾恶毒的人、魔鬼般的人。

巧妙地诅咒该作家的前途。这种诅咒具有双重效果，一是对社会，二是对作家本人。"

对艺术理解与否，是无法用语言解释的。有道是，水的冷暖，饮后方知。对艺术的理解无疑也是同理。倘若以为只要读几本美学书就能成为评论家，无异于自认看过导游图就可以游遍日本而不会迷路。不过，这世间或许也会骗人。但艺术家——不，世间也一样——不能只有桑塔亚那[1]。

我赞同艺术上的一切反抗精神，即使它有时是针对我自己的。

不论什么样的天才，其艺术活动都是有意识的。也就是说，倪云林[2]在画石上之松时，是有意让松枝全都奇怪地朝一个方向的。不知道当时云林是否清楚松枝的奇怪朝向会给画面带来某种效果，但他肯定十分清楚会产生某种效果，如若不然，云林就根本算不

---

1 桑塔亚那（1863—1952）：西班牙裔美国诗人、评论家，著有《美感》《理性生活》《怀疑论与动物式信仰》等。
2 倪云林（1301—1374）：名瓒，中国元代画家，字元镇，号云林子、幻霞子，存世作品有《渔庄秋霁图》《清闷阁集》等。

上天才，而只是一个自动偶人。

所谓无意识的艺术活动，不过是燕巢里的绶贝[1]的别名。正因如此，罗丹才蔑视灵感。

昔日，塞尚听到有人批评德拉克洛瓦[2]画花卉不求极致，大为光火，猛烈抨击。或许塞尚只是谈论德拉克洛瓦，但从中却清晰地显现出塞尚的姿态——为把握给予人艺术感染的某种必然规律，万千辛苦在所不辞的令人敬畏的塞尚之姿。

活用前面说的这个必然规律，即所谓的技巧。故蔑视技巧者，或者根本不懂艺术，或者将技巧词用于贬义，二者必居其一。既于贬义上使用，又端着架子大呼不可，这与将食素当作吝啬的别名从而将食素者悉数称作小气鬼并无二致。这种蔑视有何用。所有艺

---

1 燕巢里的绶贝：绶贝因其形状传说具有安产之效，《竹取物语》载，辉夜姬的允婚条件就是献上燕巢里的绶贝，一求婚者登高捣毁燕巢却并没有发现绶贝，所谓"绶贝"不过是燕子的粪便，后用来形容无根之谈、无法实现的难题等。

2 德拉克洛瓦（1798—1863）：法国画家，代表作有《但丁与维吉尔在地狱里》《十字军进入君士坦丁堡》《自由引导人民》等。

术家都应更加着意技巧的磨炼，以前述倪云林的例子来说，就是领会那意在产生某种效果而将松枝全部归向一方的妙窍。用灵魂写！用生命画！这种敷着金箔的花里胡哨的话，只配对中学生说教。

单纯是可贵的。但艺术上的单纯，是复杂至极的单纯，是用木榨[1]反复压、反复榨才形成的单纯。而在得到这种单纯之前，必须重复多少创作的艰辛，对此毫无察觉者，即使经历六十劫磨难，依旧孩子般吃吃讷讷，却自以为雄辩胜过德摩斯梯尼[2]。较之如此轻而易举的单纯，倒不如复杂反而更接近真正的单纯。

危险的不是技巧，是玩弄技巧的小聪明。小聪明往往是为了掩饰踏实认真的不足。说来惭愧，我的劣作中也夹杂了一些玩弄小聪明的作品，这一点，即使我的敌人恐怕也乐于承认这个真理。

我安于现状的秉性一旦满足于高雅，怕是会让自己堕落成风流魔子。只要不改掉此种秉性，就必须向

---

[1] 木榨：古代用以压榨取油的木质设备。
[2] 德摩斯梯尼（公元前384—前322）：古希腊政治家、演说家。

人向自己坦陈我的信条,哪怕是出于对人对己的意气用事,也必须防范自己给自己穿上一个硬壳。我如此的弄舌饶言,也是为此。当我渐渐不再竭尽全力,大约也就无法成佛了。

一篇作品的酿成
——关于《枯野抄》与《奉教人之死》

打算写一篇作品，有时跋涉多条别径奇道方才完成，有时则按照计划很快一气呵成。譬如想写陶壶，有时候是不知不觉地写成了铁壶，而有时候则是如愿而就。即使写陶壶，本想将壶上的提耳写成藤提耳，但有时候却会写成竹提耳。以我自己的作品为例，《罗生门》等属于前者，而我想在这里谈的《枯野抄》《奉教人之死》则属于后者。

《枯野抄》这篇小说，写的是松尾芭蕉翁几位弟子其角、去来、丈草在其临终时的心情。写作时参考了记述芭蕉临终情形的《花屋日记》、支考其角等人所写《临终记》等资料，本想描写芭蕉辞世前半个月至辞世这段时间内的事。自然，弟子面对师匠辞世的那种心情，我当时感同身受，我想借芭蕉弟子抒发这种心情。然而写了一两页，发现沼波琼音[1]恰在写同样内容的小说，于是改变了按原构思书写的想法。

其后，我将场景设置为船载着芭蕉遗体逆流而上前往伏见的途中，以及此时众弟子的心情。小说本应于当时（大正七年九月）《新小说》刊出，由于构思变更，临近截稿日期仍写不出。无谓浪费稿纸之间，截稿日期终于到了，我深感不安。当时《新小说》的编辑即如今《人间》的编辑野村治辅君，他十分理解我的窘况，虽说我交不了稿他也很为难，但还是快然允准我延至下一期刊发。为下一期能准时交稿，我立即动笔开写。其间，友人替我弄来一幅芜村[2]《芭蕉涅

---

[1] 沼波琼音（1877—1927）：日本国文学者、俳人，本名武夫，著有《俳谐音调论》《俳论史》等。
[2] 与谢芜村（1716—1783）：日本江户时代俳谐师、画家，本名谷口信章，芜村是其号，另号宰鸟、紫狐庵，画号四明、长庚、谢寅等，著有《春风马堤曲》等，代表画作有《柳荫渔夫图》等。

槃图》——是幅佛画，较我之前在川越町喜多院看到过的《芭蕉涅槃图》尺幅更大，且画得更加精彩。见到此画，我再次变更构思，依据从《芭蕉涅槃图》得到的启示，我改为描写众弟子环绕芭蕉病榻前的情景，终于很好地表达了初衷。

如此大费周章是不常有的，通常执笔前大致构思已定，然后便是按照构思直写下去。所谓通常，主要是指写短篇，若是写长篇，人物和事件的发展往往不会按照最初的构思。

人们常说，既然神创造了这个世界，为什么世间要有邪恶与悲伤？或许，就同我写小说一样，在神砌叠世界的过程中，世界随性展舒，没有按照神的意志发展。

这虽是一句玩笑，然而像这样人物或事件的发展与最初构思多有差殊，这种变更使作品变好还是变糟，不可一概而论。当然，即使构思变更，也是有限度的，写马，不会写成马虻，至多写成牛或羊。但若再稍许偏离主干一点，写的时候会思维发散联想到各种各样的事，写出来也会大不一样。譬如《奉教人之死》主要讲昔时一位基督徒女扮男装，饱经苦难，死后才被发现是个女人。小说结尾写到一场火灾，最初并没有构思写火灾，只打算写主人公因病无声无息地离开人世，然而在写的过程中忽然想到火灾场面，于是便改为这样。以火灾场面作结尾究竟是好是坏，还是个疑问。

关于两篇风格另类的作品

"您的作品当中,有没有您特别有感情,或者说喜欢的?"倘若有人这样问我,我会感到很难回答。我不可能从自己的小说中选出符合这一条件的作品,也不认为有哪些作品应当另眼看待。关键是,当我审视自己的小说作品时,在众多作品中,找不到一篇能够自动跳出来标榜"我是小说"的作品。这样断言,并没有回答对方一本正经的提问,因此我想,不必把问题提到如此夸张的地步,但我可以从自己写的小说中抽出两篇风格稍显另类的作品来说一说。

我的小说大部分都是以现代通用的语言写就。例外的有《奉教人之死》《圣·克利斯朵夫传》。这两篇作品，都模仿了文禄庆长[1]年间天草、长崎两地日本耶稣会出版的几种书物。

《奉教人之死》模仿了当时天主教信徒印制的口语体《平家物语》的文体，《圣·克利斯朵夫传》则模仿了《伊曾保物语》[2]的文体。虽说是模仿，但写得不如原文精彩，写不出那种简洁古朴的韵味。

《奉教人之死》融入了日本圣教徒的逸事，但完全是我自己想象的产物；《圣·克利斯朵夫传》则是以圣·克利斯朵夫的传记为素材创作而成的。

写完之后，反复诵读，从孰优孰劣的角度说，自己觉得《圣·克利斯朵夫传》写得更好一些。

《奉教人之死》发表时，有一件趣事：作品刊出后，一下子涌来许多评论信件，其中有人误以为我藏有天主教徒印制的《奉教人之死》底本，竟附上五百

1　文禄：日本年号，1592—1596年；庆长：日本年号，1596—1615年。
2　《伊曾保物语》：江户初期的日本耶稣会士不干斋巴鼻庵（1565—1621，本名不详）将《伊索寓言》编译成日文时所取的题名。

元钱，希望购买此书。我既同情他，又觉得他可笑。

后来，我遇到长崎浦上天主教会的拉盖[1]神父，与他就《圣·克利斯朵夫传》进行过交谈。拉盖称，克利斯朵夫曾在他家乡生活过。好像是想了一个借口来谈论这篇作品。

将来会写什么样的作品？我以为，任何人对此都无法给出确切的回答。写小说这事不同于其他事情，无法先制订一份计划，然后依计划落实。不过，今后我要好好发挥自己的博学及才子之禀赋，只要有人肯垂教严肃小说、私小说、历史小说、花柳小说、俳句、汉诗、和歌，以及其他对方所熟悉的东西，我什么都愿意写。

赏玩瓶、盘、古画之余，我也想效仿昔日文学家和画家的评论，踊跃与别人展开论战。

如此，我的前途既极为渺茫，未来亦大有希望。

---

1 拉盖（1852—1929）：出生于比利时的法国巴黎外国宣教会士，1879 年赴日本在九州一带布教，将《新约圣书》译成日文，并著有《法和辞典》，后死于镰仓。

文章和词语

文章

有朋友劝诫我说:"你文章太讲究了,不用那么讲究。"我以为,我并没有刻意讲究。我只是想把文章写得清楚明白,把脑子里的所想清清楚楚地用文字表达出来。我看重的仅此而已。然而一旦下笔,却很少有顺通如流的时候,总是写得杂乱别扭。所谓我在文章上面的讲究(假如称得上讲究的话),无非就是想把这些地方叙讲清楚。我对别人文章的要求也像对我自己文章的要求一样,意思含混不清的文章打动不了我,至少不会令我喜欢。也就是说,在文章方面我尊奉阿波罗主义[1]。

不管谁怎么说，我只想写方解石[2]那般清晰透明、没有半点暧昧的文章。

词语

五十年前的日本人，听到"神"这个词，大体脑海中浮现的是头发梳成角发[3]、脖颈挂着钩形玉坠的男女形象。不过如今日本人——至少如今的青年人，脑海中浮现出的却似乎多是长髯飘飘的西洋人。同是"神"这个词，但在人们心目中的形象变迁却如此之大。

---

1 阿波罗主义：意为形式整然的、有秩序的、理性的，与狄俄尼索斯主义相对。参阅尼采的《悲剧的诞生》。
2 方解石：一种碳酸钙矿物，多为透明无色或白色，具有玻璃般的光泽。
3 角发：日本的一种男子发式，将头发分梳两边，在两侧各盘成一圆形发髻。

なほ見たし花に明け行く神の顔(葛城山)

花盛峰美葛城山,晓来却看山神脸。

我曾与小宫[1]先生谈论芭蕉这首俳句。据子规居士[2]考释,这首俳句露呈出一种谐谑。我对其说没有异议,然而小宫先生却坚持认为,这是一首庄严的俳句。有道是,画力五百年,书力八百年。文章之力的衰尽究竟是几百年?

---

1 小宫丰隆(1884—1966):日本评论家、德国文学研究者,编纂《夏目漱石全集》,并著有《夏目漱石》《芭蕉研究》等。
2 正冈子规(1867—1902):日本俳人、歌人,本名常规,号竹乡人,著有句集《寒山落木》,歌集《竹里歌》《俳谐大观》等。

小说作法十则

一、我们应当懂得，小说是所有文艺中最不具艺术性的，最极致的文艺只能是诗。也即是说，小说不过靠小说中的诗才跻身文艺。因此，小说与历史乃至传记实际上毫无差异。

二、小说家既是诗人，又是历史学家和传记作者，因此必然与（某一时代某个国家的）人生发生交集。从紫式部到井原西鹤，日本小说家的作品都已经证明了这个事实。

三、诗人惯常向他人倾诉自己的衷情（请看为追求女人而诞生出恋歌这一事实）。既然小说家是诗人又是历史学家和传记作者，则传记类别之一的自传的作者，自然也属于小说家。因此，小说家不得不较常人更频频直面自身的黯淡人生，这是因为小说家自身内藏的诗人通常缺乏行动力，倘若小说家自身内藏的诗人较历史学家和传记作者更优秀，其一生不免就愈出秀愈悲惨。爱伦·坡就是一个很好的例子（不消说，若是让拿破仑或列宁成为诗人，必然诞生出旷世的小说家）。

四、如上所述，小说家的才能有三条，可以归结为：诗人的才能、历史学家和传记作者的才能、处世的才能。令这三者互不相克，这在前人也是至难之事（若不以为然，其人必是庸才）。想当小说家的人，恰似汽车驾驶学校尚未毕业的准司机开车上路，不要指望一生平安无事。

五、既然不能指望一生平安无事，就只有靠体力、金钱与安身立命（即波希米亚主义）。不过应做好心理准备，它们的效验出乎意料地小。欲一生过得相对平稳，归根结底，莫如不当小说家。谨记，一生过得较平稳的小说家，通常都是自传细节含糊不清的小说家。

六、欲在当今之世过得较为平稳，较之任何才能小说家最应当锤炼的是处世才能。这与留下与众不同的独创之作的理由并不是同一意思（当然二者并不矛盾）。所谓处世才能，上至享有命运佑助（能否享得佑助没有保证），下至小心得体地处理与各色傻瓜的关系。

七、文艺是以文章为载体的艺术，因此小说家不可怠惰文章锤炼。须懂得，若不能痴迷于词语之美者，其小说家资格多少存有瑕疵。井原西鹤有"阿兰陀[1]西鹤"之誉，未必因为他突破了一个时代对于小说的束缚，而是因为他通过俳谐悟得了词语之美。

八、某一时代某一国的小说，必然受制于种种束缚（此乃历史决断），要当小说家的人，须勉力遵从此种束缚。遵从束缚的益处，一是可立于前人肩头创作自己的小说，二则更显郑重其事，不会遭文坛之犬嗥吠。然而这与留下独创之作亦非同意（不消说二者并不矛盾）。天才多将此种束缚踏于脚下（能否如世

---

1 阿兰陀：意为"荷兰"，"阿兰陀"是借用字。

人所想象那般踩踏则无保证),因此他们或多或少游离于天命即文艺的社会进步(或曰变化)之外,不像流水安卧于渠中。他们是游离于文艺太阳系外的行星,故理所当然不为当代所理解,即是后世,也只有少数知音始得觅见(这并非仅限于小说,所有艺术都通用)。

九、想当小说家的人,须随时警惕自己对哲学思想、自然科学思想、经济科学思想产生响应。只要人兽依旧是人兽,任何思想与理论都不能支配人兽一生,因此,须知对上述思想有所响应(至少是有意识的),会对人兽的一生——即人的一生——多有妨害。真切观察、真实描述即谓记述,小说家的捷径莫过于记述。不过这里所说的"真切观察"是指"自己真切观察",而非"用借据换得观察"。

十、一切的小说作法皆非黄金律,当然,这篇《小说作法十则》亦非黄金律。归根结底,能成为小说家的人总能成为小说家,不能成为小说家的人总是不能成为小说家。

附记：我对于任何事物都是怀疑主义者。不过我在此坦白：尽管总欲当一个怀疑主义者，然而在诗面前我从不是怀疑主义者。同时我也要坦白，即使在诗面前，我也总想努力当一个怀疑主义者。（遗稿）

III 雑感

芥川龙之介 | 1892—1927

骨董羹[1]（选译）

——假寿陵余子[2]之名执笔戏作

别样乾坤

戈蒂耶[3]诗中之中国，既是中国，又非中国；葛

---

1 骨董羹：又作"谷董羹"，一种鱼肉蔬菜等杂混烹制而成的羹。宋苏轼《仇池笔记·盘游饭谷董羹》："罗浮颖老取饮食杂烹之，名谷董羹。"芥川龙之介以此作为题名，应是取其"杂俎"之意，即杂撰、杂录。

2 寿陵余子：芥川龙之介早期使用的笔名之一，此外他还用过"柳川隆之介""澄江堂主人"等笔名。

3 朱迪丝·戈蒂耶（1845—1917）：法国诗人、小说家、翻译家，汉名俞第德，曾从家庭教师丁敦龄（1831—1886）学习汉语和中国古典诗词，著有《东方之花》《伊斯坎德尔》等及中国古诗词译诗集《玉书》(或译《白玉诗书》)。

饰北斋[1]所作《新编水浒画传》[2]插图,谁又能说如实描绘了中国?故彼明眸女诗人、短发老画翁,以无声之诗和有声之画想象描摹的所谓中国,不如说是二人白日梦中恣意逍遥之别样乾坤。人生幸在别样乾坤。谁共小泉八云[3]于天风海涛苍茫浩漭之处,喟叹一去无返的蓬莱蜃楼?

---

1 葛饰北斋(1760—1849):日本江户时代浮世绘画师,本名中岛时太郎,号春朗、画狂人等,代表作有《富岳三十六景》《北斋漫画》等。
2 《新编水浒画传》:由曲亭马琴、高井兰山编译,葛饰北斋绘画。
3 小泉八云:原名拉夫卡迪奥·赫恩(1850—1904),1890年赴日,与日本女子小泉节子结婚遂改名为小泉八云,后加入日本籍并在东京帝国大学教授英语及英国文学,并向海外介绍日本文化,著有《心》《怪谈》等。

浅薄

元代李衎[1]观文湖州[2]所作数十幅竹画，悉不满意。读了东坡、山谷等人的评论还认为或因他们之间交往甚密故而偏私。后偶遇友人王子庆[3]，谈及文湖州的墨竹画，子庆说："只因君未见真迹之故。府史[4]藏本甚真，明日借来与兄披玩。"次日，即见真迹，果然风枝扶疏拂寒烟，露叶萧索带清霜，观之仿佛置身渭川淇水间。李衎感叹无措曰："孤陋寡闻，吾之大

---

1 李衎（1245—1320）：中国元代画家，字仲宾，号息斋道人。善画墨竹，存世作品有《四清图》《竹石大轴》等，并著有《竹谱详录》。
2 文湖州：中国北宋画家文同（1018—1079），字与可，号笑笑先生，人称石室先生，因出知湖州，未到任而卒，人称文湖州。以善画竹著称，今存世有《墨竹图》。
3 王子庆：王芝，字子庆，号井西，中国宋末元初书画家及收藏家，曾任秘书监知书画支分裱褙人。
4 府史：中国古代官府中管理财货文书及会计出纳等的小吏，考虑到王子庆当时的职分，此处应系其所司图籍收藏的内府。

耻也。"李衍之叹犹可情恕，而只看到塞尚[1]绘画的写真便喋喋议论其色彩浓淡，只能说论者见识浅薄。不可不引以为戒。

俗人

巴尔扎克死后葬于拉雪兹神父公墓。为其扶棺者中有内务部长巴罗什。送葬途中，巴罗什转过头来问雨果："巴尔扎克先生算是才敏之士吗？"雨果怫然而道："他是个天才。"巴罗什听后愤愤地同身边人私语曰："雨果先生比我听闻的还要狂妄！"法兰西阁员中也有此等俗人，日本帝国的大臣诸公大可心安神定矣。

1　塞尚（1839—1906）：法国画家，代表作有《玩纸牌者》《女浴者》《圣维克图瓦山》等。

同人杂志

年轻才俊醵资刊行同人杂志，堪称当世时髦之一种，不过在纸张与印刷费用皆不低廉的当下，经营陷于苦境的也不在少数。据闻《法兰西信使》创刊号问世时，文坛一干怀才不遇之士亦因金银匮绌，不得已而发行债券向同好募资，每股六十法郎，最大的股东勒纳尔[1]持股亦不过四股，然同人之中，不乏阿尔贝·萨曼[2]和雷·德·古尔蒙[3]等一代才子。当世流行同人杂志苦于资金匮乏，似与之颇相似，唯洵属可贵且缺少者，应是当年《法兰西信使》树起象征主义大旗的那一打英雄好汉。

1　勒纳尔（1864—1910）：法国作家、诗人、剧作家，著有《罗曼史》《胡萝卜须》等。
2　阿尔贝·萨曼（1858—1900）：法国诗人，著有诗集《在公主花园里》《花瓶之侧》等。
3　雷·德·古尔蒙（1858—1915）：法国诗人、作家、评论家，著有诗集《西茉纳集》等。

雅号

日本作家如今多不用雅号，区分文坛新人旧人，殆以其有无雅号即足可矣。以前曾有过雅号而如今弃之不用者也为数不少。由此观之，雅号甚是命薄矣。俄国有作家名奥西普·戴莫夫，我记得同契诃夫[1]短篇小说《蝗虫》中的男主人公名字相同，戴莫夫或许是借用其名作自己的雅号。若能得博学之士示教，则幸甚矣。

---

1 契诃夫（1860—1904）：俄国小说家、剧作家，代表作有小说《变色龙》《套中人》，戏剧《樱桃园》等。

青楼

法语称青楼为 la maison verte，这是龚古尔[1]创造的新词，恐系将青楼与美人合为一体而成。龚古尔曾在日记中写道："今年（1882年）因疯狂搜集日本美术品，所费金银实已达三千法郎，这是我的全部收入，就连本应用来买怀表的四十法郎也没有余下。"他还写道："数日来（1876年），难抑赴日本之念。然此次旅行目的不仅仅在于满足自己平素的搜集癖，我还梦想完成一部著述，书名拟为《旅日一年》，采用日记体裁，偏重叙情，记事则次之。如此，当可以写出无与伦比的好文字。只是我这老躯不知可堪否？"念及茕茕孤寂的龚古尔一生爱日本版画、爱日本古玩、爱日本菊花，"青楼"一词虽简短，然不能不令人心生情味无限。

---

1 龚古尔：法国人龚古尔兄弟均为作家，二人共同创作，常被合称为"龚古尔兄弟"，根据后文所述酷爱日本艺术的，应是指哥哥爱德蒙·德·龚古尔（1822—1896），热衷介绍并研究日本浮世绘，独立著有《女郎爱里沙》《桑加诺兄弟》等。

误译

自以为是的德·昆西[1]指摘卡莱尔[2]德文翻译多误译。然而,当"切尔西的圣哲"遇到这位后进鬼才时,却待之甚笃,德·昆西也为其襟怀所感服,二人遂结为百年神交。卡莱尔的误译究竟如何不得而知,我所知最滑稽的误译乃是将圣母(Madonna)译作"夫人"。译者或以为乐园守门之仆不配成天使?

戏谑训读

昔年,久米正雄[3]君以谐谑游戏方式将"萧"标

---

1 德·昆西(1785—1859):英国散文家、评论家,著有《一个吸鸦片者的自白》《论康德》《论风格》等。
2 卡莱尔(1795—1881):英国哲学家、历史学家,著有《法国革命史》《论英雄、英雄崇拜和历史上的英雄事迹》《旧衣新裁》等。
3 久米正雄(1891—1952):日本小说家、剧作家,著有《萤草》《破船》等。

注读音为"笑迁",将"易卜生"注为"熏仙",将"梅特林克"注为"瞑照磷火",将"契诃夫"注为"智慧丰富"[1]。此种训读法称之为"戏谑训读"不知可乎?《两个比丘尼》的作者铃木正三[2]将其诘斥耶稣教的书题为《破鬼理死端》[3],亦为隐含贬斥之意的戏谑训读之一例。

俳句

红叶[4]之俳句未能悟得古人灵妙之机,非只因为

---

1 此处几个词语按日语发音均与原人名的发音相近。
2 铃木正三(1579—1655):日本江户前期的禅僧、通俗文学作者,著有《盲安杖》《因果物语》等。
3 "鬼理死端"按日语音读发音为kirisitan,与日语"吉利支丹"即日本近代以前对"基督"一词的音译发音相同;"破"意为"驳诘""驳斥"。
4 尾崎红叶(1867—1903):日本小说家,本名德太郎,号十千万堂,著有《三人妻》《多情多恨》《金色夜叉》等。

其谈林调[1]，观其文章，亦无楚楚落墨直成松之妙。其所长应是工于精整致密，即使描写岩石也不忘点缀一茎细草，故拙于俳句也是理所当然。牛门秀才[2]镜花[3]的俳句品位远高于师翁，其理亦不外乎此。如此，则斋藤绿雨[4]虽怀纵横之才，而于俳句却与沿门擛黑[5]之辈难分轩轾，也就不足为奇了。

---

1 谈林调：日本17世纪下半叶以西山宗因（1605—1682）为代表盛行一时的俳谐风格，以奇拔和表现自由为特色，文学史上称之为"宗因风""谈林风""谈林调"，而随着蕉风（以松尾芭蕉为代表的俳谐风格）兴盛该派逐渐衰亡。
2 牛门秀才：泉镜花名列尾崎红叶门下"牛门二秀才"及"四天王"之一；尾崎红叶之师门一般被称为"红门"或"藻门"，因红叶家在东京牛込区横井町（现为新宿区横寺町），门下弟子常出入其家故又被称为"牛门"。
3 泉镜花（1873—1939）：日本小说家、剧作家，本名镜太郎，著有小说《夜行巡查》《高野圣僧》，戏曲《夜叉池》等。
4 斋藤绿雨（1867—1904）：日本小说家、评论家，本名贤，号正直正太夫，著有《捉迷藏》等。
5 沿门擛黑：意为乖谬邪辟、野狐外道。此语源出中国典籍，如清代王澍撰《淳化秘阁法帖考正》卷十："惟月终及尊体复何如二帖……为大令真笔余皆俗手伪书为沿门擛黑者开先路。"

日本

戈蒂耶小姐笔下之中国前已谈及,埃雷迪亚[1]笔下的日本同样亦属别样乾坤。帘内美人弹琵琶,倚待铁衣勇士来,此情此景,显然非日本莫属。而《武士》[2]之白绢黑漆黄金缀饰而成的世界,却是巴那斯派[3]诗人的缥缈梦幻之境。况且埃雷迪亚的梦幻之境,倘若在地图上找寻其所在,恐距离法兰西甚近,与日本却相隔遥遥。即使让歌德写希腊,攻打特洛伊的勇士们亦掩不住嘴边一抹慕尼黑啤酒泡沫。想象世界也有国籍之分,着实令人嘘叹。

---

1 埃雷迪亚(1842—1905):法国诗人,以十四行诗著称,著有《锦幡集》等。
2 《武士》:埃雷迪亚写的一首诗的题名。
3 巴那斯派:又称"高蹈派",法国19世纪后半叶兴起的诗歌流派,名称源自古希腊神话中阿波罗和缪斯诸神居住的巴那斯山,代表诗人有德·利尔、邦维勒、絮利·普吕多姆等。

妖婆

英语 witch 一词，大致可译为"妖婆"，妙龄美貌的妖婆也不罕见。譬如梅列日科夫斯基[1]《先知》、邓南遮[2]《约里奥的女儿》，以及克劳福德[3]《布拉格的女巫》等，描写美颜如玉的妖婆之作品，若搜索一下应该还有很多。但不可否认，大凡白发苍颜的妖婆，鲜有性格开朗者。司各特[4]、霍桑[5]等较早者且不说，近代英美文学中，描写妖婆出色的有吉卜林[6]《黛娜·沙

---

1 梅列日科夫斯基（1866—1941）：俄国诗人、小说家、评论家，著有《基督与反基督》三部曲，评论集《托尔斯泰与陀思妥耶夫斯基》等。
2 邓南遮（1863—1938）：意大利诗人、小说家、剧作家，著有小说《玫瑰三部曲》《火》，剧作《琪娥康陶》等。
3 克劳福德（1854—1909）：美国小说家，著有《圣依拉略》《十字之路》等。
4 司各特（1771—1832）：英国诗人、小说家，著有《艾凡赫》《红酋罗伯》等。
5 霍桑（1804—1864）：美国小说家，著有《红字》《七个尖角阁的老宅》，短篇小说集《重讲一遍的故事》等。
6 吉卜林(1865—1936)：英国诗人、小说家，著有《丛林之书》《老虎！老虎！》《基姆》等。

德的求爱》，或可称其中翘秀。哈代[1]小说中以妖婆为素材的也不鲜见，名作《绿荫下》中的伊丽莎白·安德菲尔德即属此类。日本的山姥、鬼婆均非纯正妖婆。中国《夜谭随录》所载夜星子，则略近于妖婆。

柔道

闻西洋人谈及日本必称柔道。阿纳托尔·法朗士《天使的反叛》有一章，记述日本天使来到巴黎，捉住法兰西巡警并干净利落地将其抛甩出去。莫里斯·勒布朗[2]侦探小说中的主人公侠盗罗宾精通柔道，亦习自日本人。然而日本现代小说中，柔道精妙的主人公唯泉镜花氏《芍药之歌》中之桐太郎一人而已。柔道也如预言者般有不为故乡所容之叹。可笑可笑。

---

1 哈代（1840—1928）：英国诗人、小说家，著有《苔丝》《无名的裘德》《卡斯特桥市长》等。
2 莫里斯·勒布朗（1864—1941）：法国小说家，著有《亚森·罗宾》系列。

昨日风流

赵瓯北[1]《吴门杂诗》有云:"看尽烟花细品评,始知佳丽也虚名。从来不做繁华梦,消领茶烟一缕清。"又《山塘》诗云:"老入欢场感易增,烟花犹记昔游曾。酒楼旧日红妆女,已是禅家退院僧。"一腔诗情,令人联想起永井荷风氏。

发音

昆汀[2]出版爱伦·坡[3]的作品集时将其名字印成Poë,其后以法兰西为首诸国发音亦均作"坡埃"。我也曾听闻吾人英国文学老师、已故劳伦斯先生有时

---

[1] 赵翼(1727—1814):字云崧,号瓯北,中国清代诗人、史学家,著有《瓯北诗钞》《廿二史札记》等。
[2] 昆汀:英国出版商、印刷商。
[3] 爱伦·坡(1809—1849):美国诗人、小说家、评论家,著有诗歌《乌鸦》《安娜贝尔·李》,小说《黑猫》等。

亦发其音为"坡埃"。虽说西洋人名发音易讹误,但尊崇惠特曼[1]和爱默生[2]如我佛者却连其名字重音都读错,岂不可悲。不可不慎矣。

傲岸不逊

一青年作家于某次聚会放言我等文艺之士云云,一旁巴尔扎克打断其言道:"你与我等为伍实在是不自量力。我等乃近代文艺之将帅!"闻文坛有二三子讥讽其傲岸不逊,然而至今未见文坛有浸近巴尔扎克氏者。《人间喜剧》本非出自彼等之手。

1　惠特曼(1819—1892):美国诗人,著有诗集《草叶集》等。
2　爱默生(1803—1882):美国思想家、诗人,著有《论自然》《美国学者》等。

烟草

烟草流行于世，乃是发现亚米利加[1]之后的事情。埃及、阿拉伯、罗马亦有吸烟习俗之说，纯属青盲者[2]之流的无知谬言。哥伦布抵达新世界，见烟叶、烟丝、鼻烟等，始知美洲土著人嗜好吸烟。淡婆姑[3]之名实皆为植物名称，而演为吸食烟丝之烟斗之意，甚是滑稽。不过欧洲白种人别出心裁，创制了吸食便利的卷烟。据《和汉三才图会》载，南蛮红毛甲比丹[4]最先舶来日本之物，即为卷烟。想村田烟袋尚未问世之时，我辈先祖大概已经口衔卷烟，于春日煦暖

---

1 亚米利加：Americas 的日语音译，同"亚美利加"，即美洲大陆。
2 青盲者：青光眼患者，此处意为睁眼瞎。
3 淡婆姑：日本近代以前对葡语 tabaco（烟草）一词音译的借用字，另有"淡巴菰"亦同。
4 甲比丹：江户时期荷兰东印度公司在日本所设商馆的馆长，后成为对来自欧洲商船船长的一般称呼。

的山口[1]街市仰望天主教堂十字架,对西洋文明之精巧赞称不吝了罢。

尼古丁夫人

波德莱尔的烟斗诗姑且不说,翻阅《烟草诗篇》可知西洋诗人嗜好吸烟,与东方诗人喜爱点茶可谓互为相踌。小说之中,巴里[2]《尼古丁夫人》最是脍炙人口,唯因其笔致轻妙,令读者发笑。尼古丁之名,源出法兰西人让·尼科。16世纪中叶,尼科以大使之职赴任西班牙,获传自佛罗里达的烟草,得知其有疗疾之效,便勉力栽培,当时法兰西人称之为"尼科丁纳"。德·昆西的《一个吸鸦片者的自白》促成佐藤

---

1 山口:山口县,位于日本本州岛最西端。公元1549年圣方济各·沙勿略赴日传教,早期活动主要在九州至山口一带,后逐渐渗透至西日本地方。
2 巴里(1860—1937):英国小说家、剧作家,著有小说《小牧师》,儿童剧《彼得·潘》等。

春夫[1]创作奇文《指纹》。巴里之后,谁又能出于巴里而胜于巴里,创作出新烟草小说,令人宛似身在哈瓦那、马尼拉?

一字之师

唐代任翻[2]游天台巾子峰,题诗于寺壁上:"绝顶新秋生夜凉,鹤翻松露滴衣裳。前峰月照一江水,僧在翠微开竹房。"题罢离去。走出数十里外,忽悟"一江水"不如"半江水",遂返回题诗处,见不知何人已将"一"字刮去改作"半"字,遂长叹道:"台州有人!"可以想见古人用心作诗惨淡经营之状。青

---

1 佐藤春夫(1892—1964):日本诗人、小说家,著有《田园的忧郁》《晶子曼陀罗》等。
2 任翻(生卒年不详):又名任蕃、任藩,中国唐末诗人,《新唐书·艺文志》录其诗一卷,芥川龙之介所引诗原题为《宿巾子山禅寺》。

青[1]句集《妻木》有如下俳句：

> 元日初梦里，欢欢喜喜结良缘，红绳来牵结。

我以为一字不妥，"来"似改作"应"为佳。不知青青肯拜我为"一字之师"否？一笑。

应酬

雨果于德伊洛大街的家中设晚宴，众宾客举杯祝主人康健。雨果回头对科佩[2]说："席上二诗人互祝健康，不亦善哉？"意在为科佩干杯。科佩固辞："不可。席上诗人唯一人而已。"意为不负诗人之名者唯

---

[1] 松濑青青（1869—1937）：日本俳人，本名弥三郎，著有《妻木》《鸟巢》等俳句诗集。
[2] 弗朗索瓦·科佩（1842—1908）：法国诗人、剧作家，著有剧本《克莱蒙娜的小提琴工匠》等。

有雨果。《东方诗集》作者[1]此时忽现笑容道："一人而已？则我如何？"雨果以否定科佩之语而贬抑自我以示谦逊。当今文坛，"僧院之秋会"、"三浦制丝厂长会"、猫会勺子会[2]，会则多矣，然未闻有尽得圆活自如之妙应酬如此者。其时侧旁有人笑道："请自隗始[3]。"

批评

皮隆[4]擅讽，闻名于世。有文人称，欲成就一番空前伟业。皮隆冷然道："此事容易，君写自赞之辞即可。"闻当代文坛有党派批评、卖笑批评、寒暄批评、雷同批评……毁誉褒贬纷纷，庸才之自赞自炫，

---

1 指雨果。雨果曾创作有《东方诗集》。
2 日语有"猫も杓子も"的表达，意为冗多駑杂，同汉语"阿狗阿猫""张三李四"意思相近。
3 请自隗始：中国成语，比喻自愿带头从我做起。
4 阿列克·皮隆（1689—1773）：法国诗人、剧作家，擅长讽刺短诗，著有戏剧《居斯塔夫·瓦萨》《作诗癖》等。

如一犬吠虚，万犬传实，未必不能成就皮隆所谓之空前伟业。寿陵余子生于季世[1]，欲效皮隆亦难矣。

谬语

世间既有说如门前雀罗啭蒙求的先生，也有辨如火之燎原的夫子；有农学博士赞明治神宫之建筑材料曰文质彬彬，也有国会议员主张扩充陆海军、艨艟不可罢休。昔日姜度[2]得子，李林甫[3]作书云："闻有弄'獐'之喜。"客视之掩口，笑李林甫误"璋"为"獐"。如今大臣慨叹时势、论危险思想弥漫曰"病既入膏'盲'，国家兴废只在旦夕"，而天下人不以为怪，汉学素养遭不顾，不可谓不甚。何况方今青年男女虽解商标英文，却难诵读四书，耳熟托尔斯泰之名

---

1 季世：末世、世纪末。
2 姜度：中国古代官僚，唐玄宗时任太常少卿。
3 李林甫（683—753）：中国古代官僚，唐玄宗时任宰相、封晋国公。"弄獐"之典见于《旧唐书·李林甫传》。

却眼疏李青莲[1]之号，凡此种种，难以尽数。日前偶然于书肆见数册旧杂志，封面赫然题写着红潮社刊行《红潮》第几号。殊不知，汉语红潮一词乃专指女子月事也。

入月

西洋有无歌吟女子红潮的诗篇？我孤陋寡闻，不得而知。中国宫掖闺阁诗中，倒是偶见歌吟月事之作。王建[2]《宫词》有云："密奏君王知入月，唤人相伴洗裙裾。"春风吹珠帘，银钩闪荡处，觑看蛾眉宫人濯衣裙，月事不亦风流乎。

---

1 李青莲：李白。字太白，号青莲居士。
2 王建（约767—约830）：中国唐代诗人，字仲初，擅宫词，今存有《王司马集》《宫词》等诗集。

后世

君不见，本阿弥[1]之折纸[2]今古已易。罗曼派兴，则莎士比亚之名如迅雷震之四海，罗曼派亡，则雨果之作似霜叶废于八方。世事转蓬澹茫难料。眼前泡沫，身后梦幻，知音难得，众愚难度。弗拉戈纳尔[3]赴意大利修励画技，布歇[4]送行时嘱其："勿观米开朗琪罗之画，彼一如狂人。"哂笑布歇乃一俗人有何难哉，然而千年之后谁敢断言天下不会靡然而盲从布歇之见？

白眼傲当世，长啸待后人，诐邪之世亦不失为生计，何若混于俗世而不自俗。篱下有菊琴无弦，来见南山常悠悠。寿陵余子愿陋室鬻文，与文坛芸芸之张

---

1 本阿弥：始于日本室町时代初期的刀剑鉴定世家，后转为泛指鉴定家。
2 折纸：原指用于正式公文及鉴定书等文书的纸，后代指鉴定书。
3 弗拉戈纳尔（1732—1806）：法国画家，代表作有《秋千》《偷吻》《洗衣妇》等。
4 布歇（1703—1770）：法国画家、设计师，曾任法国美术院院长、皇家首席画师。

三李四或谈托尔斯泰或论井原西鹤[1]或哓喋甲主义乙倾向之是非曲直,唯一生不言后世,安于游戏三昧之境也。

罪与罚

鸥外先生任主笔的《栅草纸》第四十七号,载有谪天情仙[2]七言绝句《读〈罪与罚〉上篇》数首。以西洋小说为题的汉诗,此或为嚆矢?抄录二三首如下:

考虑闪来如电光,茫然飞入老婆房。自谈罪迹真耶假,警吏暗杀狂不狂。(第十三回)
贫女病妻哀泪红,车声辘辘仆家翁。倾囊相

---

1 井原西鹤(1642—1693):日本江户前期通俗小说家、俳人,本名平山藤五,著有《好色一代男》《日本永代藏》等。
2 谪天情仙:本名野口宁斋(1867—1905),谪天情仙是其号,日本明治时期书法家、汉诗人。

救客何侠,一度相逢酒肆中。(第十四回)

可怜小女去邀宾,慈善书生半死身。见到室中无一物,感恩人是动情人。(第十八回)

其诗佳否暂且不论。念及明治二十六年之昔,日本文坛已有论及陀思妥耶夫斯基,对此数首汉诗不禁开颜而笑者,独寿陵余子一人乎?

恶魔

恶魔之数甚多,总数一百七十四万五千九百二十六,分七十二队,各设队长一名。此说载于16世纪末叶德意志人维鲁斯[1]所著《恶魔学》。古今东西,传达魔界消息详密如此者,前所未有(16世纪欧罗巴研究恶魔学之先驱为数不少,维鲁斯之外,意大利

---

1 中世纪恶魔学家。

彼得罗·达蓬[1]、英格兰雷金纳德·斯科特[2]皆闻名天下)。维鲁斯又曰:"恶魔变化自在,或为法律家、昆仑奴[3]、黑马、僧人、毛驴、猫、兔,或为马车车轮。"恶魔可变身马车车轮,岂不是也可变身汽车车轮,夜半诱人去往焰火之城耶?可畏。人当戒之。

聊斋志异

中国小说中,《聊斋志异》《剪灯新话》皆谈鬼说狐,极尽寒灯青影之妙,为人洽知。然著者蒲松龄不满清廷秽浊,假托牛鬼蛇神故事讽刺官掖隐微则往往为本邦读者忽略,不可不谓憾事。如《聊斋》第二卷所载《侠女》,实演绎自官宦年羹尧之女刺杀雍正帝之秘史,昆仑外史题词曰:"董卓岂独人伦鉴",不也

---

1 彼得罗·达蓬:意大利哲学家、占星术士。
2 雷金纳德·斯科特:英国巫术作家,著有《巫术的发现》。
3 昆仑奴:唐宋时在中国做奴隶的南海国人,这里泛指异国人。

隐隐透出内中消息？西班牙戈雅绘《狂想曲》，中国留仙著《聊斋志异》，皆借山精野鬼而骂杀乱臣贼子。东西一双白玉，堪为金匮之藏。

丽人图

西班牙有丽人名玛丽亚·特蕾莎，以妙龄嫁与维拉弗兰卡第十一世侯爵何塞·阿尔瓦雷斯·德·托莱多。特蕾莎明眸绛唇，香肌素白如凝脂，女王玛丽亚·露易莎嫉妒其美，遂以鸩毒杀之。人间只得一香囊，长恨孰与杨太真？侯爵夫人有一情郎，名戈雅。戈雅之画名驰誉西班牙，生前屡为玛丽亚·特蕾莎绘制肖像，倘若俗传为真，则戈雅《着衣的玛哈》《裸体的玛哈》二作描摹的实乃一代国色之侯爵夫人。后法国有画家马奈得戈雅之侯爵夫人画像，狂喜不能自禁，立即摹画，作一幅如春丽人图。马奈为当时印象派先驱，与其结交者多为一时才子，内有一诗人，名波德莱尔[1]。马奈得侯爵夫人画像后赏玩有加，视同拱璧[2]。1866年，波德莱尔狂疾发作绝命于巴黎寓所，壁上犹悬此丽人图，檀口雪肌、美若天仙，星眼秋波浮百世，瞰望《恶之花》诗人之临终情状，宛似当年于马德里宫廷旁观黄面侏儒表演筋斗戏。

卖色凤香饼

中国称出卖龙阳之色少年为相公。相公一语本出自像姑，谓其妖娆恰如姑娘也。像姑相公同音相通，遂以之代指小官。中国又称路边卖春女为野鸡，盖其徘徊于道以诱行人，恰如野鸡之状，邦语则称之为夜鹰，殆同出一辙。由野鸡复生野鸡车一语。何谓野鸡

---

1 波德莱尔（1821—1867）：法国象征派诗歌先驱，代表作有《恶之花》等。
2 拱璧：大璧，比喻极其珍贵的宝物。

车？出没于北京、上海之无牌照朦胧车夫[1]也。

泥黎口业

寿陵余子为《人间》杂志撰写《骨董羹》专栏已有三回。引古今东西杂书，举玄学气焰，恰似《麦克白》中妖婆之汤釜，智者避其臭而三千里外，愚者中其毒于弹指之间，想来当属泥黎口业[2]。罗贯中作《水浒传》而三代子哑，寿陵余子今作《骨董羹》，亦当受冥罚耶？默杀乎？仆灭乎？或余之小说集一册也市售不得乎？倘若如此，不如速速掷笔，醉中独对绣佛以享逃禅[3]之闲。悔昨之非而知今之是，何用须臾踟蹰，即抛吾家骨董羹。今日若吃得珍重，明日厕上有

---

1 朦胧车夫：旧时东京地方方言，指强行索取高额乘车费用，或与某些特殊行业勾结专门诱骗人前往消费、索取不当利益的黑车夫。
2 泥黎：亦作泥梨，梵语，地狱之意。口业：佛教用语，三业（三种因果报应）之一，这里指写作文章的行为及其善恶后果。
3 逃禅：遁世参禅之意。

瑞光，粪中舍利，大家且看。

《天路历程》

The Pilgrim's Progress 译作《天路历程》，乃沿袭清同治八年（1869年）上海华草书馆出版之汉译书名。篇中有铜版插画数页，皆以中华风貌绘人物及风景，《入窄门图》《入美宫图》等，虽不及长崎绘[1]中的红毛人图，然不无另一种风韵。其文章以汉叙洋，读来倒也令人兴味横生。尤其英文诗的翻译，虽作为汉诗并不足观，然而别有谐趣，与插画也相与为一。譬如《生命之河》："路旁生命水清流，天路行人喜暂留。百果奇花供悦乐，吾侪幸得此埔游。"我谈说此种兴味，或恐遭旁人嗤笑。然试想，王尔德狱中行住坐

---

1 长崎绘：日本江户时期在唯一向外国开放的通商港口长崎地方创作的木版画，主要表现各种异国情调。

卧[1]不离身者,亦令人头痛之希腊语《圣经》。

三马

二三人聚首议论:"以今日之眼光描写古人之心,乃自然主义勃兴后文坛最显著之倾向。"一老者从旁插话道:"式亭三马[2]《大千世界幕后探》如何?"二三人无言以对,唯相顾哑然。

尾崎红叶

红叶作古已近二十年。其《多情多恨》《伽罗枕》《二人妻》,今日翻阅,犹宛似一朵玳瑁牡丹[3],光

1　行住坐卧:佛教用语,指人的一举一动。
2　式亭三马(1776—1822):日本江户中期通俗小说家,本名菊地久德,著有《浮世澡堂》《浮世理发馆》等。
3　玳瑁牡丹:"鳖甲细工"的一种,用玳瑁磨制成的牡丹花形发饰。

彩毫不磨灭。人亡业显,诚此人之谓也。上述诸篇布局有法,行笔有据,富变化而无逾矩,所以能垂之久远。我常思:艺术之境没有未成品。红叶不亦然乎?

诲淫之书

《金瓶梅》《肉蒲团》姑且不提,仅我所知中国小说中被斥为诲淫之书的,有《杏花天》《灯芯奇僧传》《痴婆子传》《牡丹奇缘》《如意君传》《桃花庵》《品花宝鉴》《意外缘》《杀子报》《花影奇情传》《醒世第一奇书》《欢喜奇观》《春风得意奇缘》《鸳鸯梦》《野叟曝言》《淌牌黑幕》等等。闻早年舶来日本之书,已有日文改写本;又闻,近年此种改写本已有秘密刻梓出版者。若想遍读此种和译艳情小说,请叩当代照妖镜——诸位审查官之门,恭借其所藏禁书一阅。

戏剧史

西洋戏剧研究之书，今出甚多，其滥觞者乃永井彻所著《各国戏剧史》一卷。此书绘有太鼓喇叭竖琴的铜版画，封面上以罗马字题写 Kakkoku Engekishi[1] 字样，内容泛涉剧场及机关道具之变迁，男女俳优之古今状况，各国戏剧之由来等，述及英吉利戏剧最为翔实。试撷其一斑以作介绍："至 1576 年女王伊丽莎白时代，为特别表演，始于黑衣修士院[2]之闲置领地建剧场，为英国正统剧场之始祖。（中略）俳优之中有威廉·莎士比亚，其时年方十二岁，已于斯特拉特福镇学校习毕初级拉丁文与希腊文。"似这般令人展颜内容颇多。明治十七年一月出版，著者永井彻任职警视厅为警视属僚，也算趣事一桩。

---

1 意为"各国戏剧史"。
2 黑衣修士院：原址位于英国伦敦市泰晤士河和拉德盖特山之间，为黑衣修士（多明我会修士）所建，1576 年理查德·法兰特租下了西侧部分建筑作为剧场。

杂笔（选译）

竹田

竹田[1]乃善人。若效罗曼·罗兰之评价，绝胜于一善画者。倘仍在世，我欲识面之善画者，大雅[2]之

---

1 田能村竹田（1777—1835）：日本江户末期南画家，本名孝宪，字君彝，号随缘居士等，代表作有《岁寒三友双鹤图》《暗香疏影图》等，另著有《山中人饶舌》。
2 池大雅（1723—1776）：日本江户中期南画家，本名勤，字公敏，号大雅、霞樵等，代表作有《前后赤壁图》《陆奥奇胜图》等。

外唯此人矣。虽为友朋同志，山阳[1]之才子行状远在竹田之下。山阳游长崎时，人疑狎游斜巷[2]，遂作诗云："家有缟衣待吾返，孤衾如水已三年"，然犹未可依信。同在长崎的竹田寄词一首："不上酒阁，不买歌鬟，偿周文[3]画、笔头水、墨余山。"恐为其真情之吐露。竹田人称其诗书画三绝，然不擅和歌；悟入画道，然于三十一文字[4]则无灵利。此外，据闻其亦通香道茶道，我不谙此道，故难评断。另有一趣事：竹田画菌，乞画者在一旁面露不悦。竹田曰："请看吾之苦心。"遂取盛满松菌浸泡于水中之巨笼，乞画者感叹不已。竹田刻意励精，令俗人感动，此乃绝佳之例。方家苦心孤诣之美谈中，人品恶劣之名人，戏弄

---

[1] 赖山阳（1780—1832）：日本江户末期儒学家、历史学家、汉诗人，名襄，字子成，山阳是其号，著有《日本外史》《山阳诗钞》等。
[2] 斜巷：旧指娼妓聚集之处。
[3] 周文：日本室町时代画僧，字天章，号越溪，擅山水花鸟画及佛像雕刻，代表作有《竹斋读书图》。
[4] 指和歌中的短歌。短歌格式为五七五七七共三十一音，故以此代称。

凡夫而作伪者也不在少数，山阳等似有此嫌，竹田则绝无此种恶作剧。竹田诚乃善人也。读《田能村竹田》一书，我益慕仰之。此书著者大岛支郎，沽售处为丰后国[1]大分之书肆忠文堂。

松尾芭蕉

又读《猿蓑》。芭蕉[2]、去来[3]、凡兆[4]之连句，颇多波澜老成之作，其中佳处令人感伤，无以名状。

> 破柜颓朽盖错离（凡兆）。
> 暂栖草庵复打熬（芭蕉）。

---

1 丰后国：日本律令制时代国名，地域相当于今大分县。
2 指松尾芭蕉。
3 向井去来（1651—1704）：日本江户前中期俳人、芭蕉弟子之一，本名兼时，字元渊，号落柿舍，著有俳论《旅寝论》及句集《去来抄》等。
4 野泽凡兆（？—1714）：日本江户中期俳人、芭蕉弟子之一，本名允昌，与去来共同编纂《猿蓑》。

此生唯喜命纂集(去来)。

芭蕉所续之句"暂栖草庵复打熬",如德山[1]之棒当空闪过,令人窒息。芭蕉竟从何处拈来此句,唯使人称奇不已。当此般锐敏之才,虽凡兆焉能占得上风。

凡兆还有如下俳作:

青鹭昼眠现尊相(芭蕉)。
蔺草随风戏湲湲(凡兆)。

凡兆续句,其时尚未臻圆熟。然,芭蕉之句世间凡才虽百转筋斗也难接续。

只十七字[2]生死立判,芭蕉俳艺之自由自在着实令人惊惧。我为日人,或不解西人之诗,私以为绝无

---

1 德山宣鉴(782—865):中国唐代高僧,俗姓周,法名宣鉴,因住持德山寺故人称德山禅师,以创立独特的宗门接引方式"德山棒"而闻名。
2 指俳句。俳句格式为五七五共十七音,故以此代称。

如此妙作,纵使称许亦一声"甚妙"而止。然芭蕉之妙处无论如何释明,西洋人解否乃疑问中之疑问也。

儿童

描写童年往事之小说林林总总,然如实写出儿童所思所感者却甚少,大抵为成人回顾幼时之笔调。就此一点,乔伊斯[1]可谓别出心裁。

乔伊斯之《一个青年艺术家的肖像》犹如儿童所思所感之直录,或至少予人以此种感受,诚不失为珍品。能作此等好文章者,乔伊斯之外断无第二人。读之甚幸。

---

1 乔伊斯(1882—1941):爱尔兰诗人、小说家,著有《尤利西斯》《芬尼根的守灵夜》等。

十千万堂日录

《十千万堂日录》一月二十五日之记有此一件:尾崎红叶与诸弟子试记芝兰簿,风叶[1]祈"身再增一寸",春叶[2]欲"命至四十岁",红叶则发愿"于欧洲大陆立大理石俳句碑"。谈及书籍,春叶举《西游记》,风叶举"诸类辞书",红叶则举大百科全书。红叶之喜好较之诸弟子颇有崇洋之嫌。我以为,其取嫌之处,恰可窥得红叶器量之大。

另二十三日之记中,有"今夜书(八)之八,至黎明终未能竟稿。寒夜之中,炭犹珍贵。"此段读之令人会心开颐。(八)者,《金色夜叉》之第八章也。

---

[1] 小栗风叶(1875—1926):日本小说家,本名加藤矶夫。
[2] 柳川春叶(1877—1918):日本小说家,本名专之,著有《锦木》等。

年少

据闻,木米[1]平素常着玄色平纹丝织和服。有人云,其看似奢华,实则经济。又云,我等后生虽深知其嗜好甚佳,然着玄色平纹丝织和服之前,更想尝试各种事情。此话于小说创作也十分妥切。何种作品弥足珍贵?朦胧之中却依稀可辨,专心一志向其迈进之前,难免还想摸索各种前进路径。与其说是偷安,莫如说是年少而有恃无恐。长怀此心,或许并非好事,有道是艺术浪子乎?

痴情

欲写尽男女痴情,必涉房中之事,然而却恰是官方所禁。故小说家以迂回曲笔,总算摹得十之八九。《金瓶梅》之所以为古今无双的痴情小说,于此处恣

---

1 青木木米(1767—1833):日本江户后期的陶瓷名匠。

意无忌亦其一因。纵使不能达彼之境，倘若审查者稍稍宽略，或可出现更有深度之小说。

西洋是否也有《金瓶梅》那般的小说？皮埃尔·路易斯[1]《阿芙洛狄特》等，较之《金瓶梅》，几如儿童玩具，尤其如其序言所说，主张的乃是乐欲主义，故与后者不可等而较之。

竹

远眺后山竹林，苍绿密簇浮于阴森杉桧之前，宛似鸟羽，却并无脑际闪过的幽篁之感。中国人形容翠竹临风为竹笑，我也曾于起风之日远眺竹林，竟全无竹笑之感。雾深日暮时观之，则一片黢黑，如一幅平庸的南画，索然无趣。更走进竹林观之，见箨壳剥落，背面映光隐约倏闪，仿佛蛞蝓蠕动，甚是阴森可怖。

---

[1] 皮埃尔·路易斯（1870—1925）：法国诗人、小说家，著有《比利提斯之歌》等。

大作

龟尾君所译埃克曼[1]辑录的《歌德谈话录》中，有此一句："少壮之士欲成就大作，须时时自诫劳多功少。"盖因歌德自身创作《浮士德》而致戒惧过度之故。试想，托尔斯泰埋头创作《战争与和平》《安娜·卡列尼娜》，亦不能不对 19 世纪全欧洲之艺术有透彻的了解。当然，纵使对他人的艺术不甚了解，以托尔斯泰那般堂堂自成一家之艺术者，也无些少障碍，从理解与否这个角度而言，写出艺术宏论的托尔斯泰无疑拥有令人赞赏之鉴赏力。托尔斯泰尚且如此，何况我等根性劣下众生，倘若为不切实际之野心煽动，企望创制力不能逮之巨作，最终定有贪大必失一无所得之叹。如此结果不言自明。然而如我等愚夫，一旦自以为创制大作之机缘成熟，仍会不顾歌德之忠告，勃然奋励的罢。

---

[1] 埃克曼（1792—1854）：德国诗人、作家，担任歌德秘书长达十年，另著有《论诗——特别以歌德为证》。

水怪

河童[1]之考证,柳田国男氏著《山岛民话集》极为详尽。明治维新前,大根河岸一带河中也有河童。我幼时曾听母亲说过,观世新路的书画装裱匠某日去河边洗拉门,忽被从身后抱住搔痒,装裱匠抵拒不过,仰面跌倒于路上,见一河童跳离其背扑通跃入河中。后又闻万年桥下水底住有大红鲤,了局如何则不得而知。父亲有相识者夜钓河上,见从吾妻桥稍往上游处有一巨鳖爬上船尾,脖颈粗如铁壶。东京的河里尚且水怪如此之多,往乡间则更不待言,如今仍有河童于芦荡中相扑游戏也未可知。我偶见一游亭[2]所作《河太郎独钓图》,遂记旧事于此。

---

1 河童:日本一种传说中的水陆两栖怪物,身长不足一米,尖嘴,背部有鳞甲,将小动物诱入水后吸其血,噬其内脏。
2 一游亭(1894—1966):小穴隆一,日本西洋画家、装帧家、俳人,一游亭是其号,芥川龙之介的作品几乎都由其负责装帧,著有《芥川龙之介回想》。

气魄

据传,天龙寺峨山和尚某日雪后早朝仰望晴空感慨道:"昨日令大雪纷扬,今晨令阳光灿烂,人若无长空这般气魄,焉能成就大事。"今夜读此逸闻,自愧弗如。我写不足百页之短篇,竟悲喜交至,自己都觉得可怜无比。日前入浴时忽生感慨,入浴之事至为简单,然而写入浴之文章却并不容易,殊难理解,又甚感不快。然而既然生来根性劣下,唯有坚忍专一,不畏劳苦。

曲解

将 Ars longa,vita brevis 译作"人生矩促,技艺长存"自然不错,然而看俗世的使用情况,却多取"人亡业显"之意。此乃日本人或日本文士自以为是的独有用法。希波克拉底[1]之第一箴言中并无此种意义，如今西洋人引用该句时亦无此种意义。所谓人生矩促而技艺长存，本意乃人生短暂，即使刻苦精进，也难修成一艺。阐释此理，或本应是中学教师之责任。然而近年即使好为人师之批评家中，竟也有人不知曲解了此箴言。此文坛之悲哀也。若取这层意思，何需借用希腊哲人之语，孙过庭[2]早有名言"人亡业显"。顺便一提，今后批评家切不可气焰嚣张妄论"兰德[3]或莱奥帕尔迪[4]之《臆想的对话》"，任是狂妄威显，恐连鬻衒学问都称不上。好为人师者，不如先为己师。

---

1 希波克拉底（约前460—前377）：古希腊医师、哲学家。
2 孙过庭（约648—703）：中国唐代书法家、书法理论家，字虔礼，著有《书谱》等，今存《书谱序》。
3 兰德（1775—1864）：英国诗人、小说家，著有《伯里克利和阿斯帕西娅》《英勇的牧歌》及《想象的对话》等。
4 莱奥帕尔迪（1798—1837）：意大利诗人，著有《田园诗集》及散文集《道德小品》等。

不朽

年寿有期,却并不意味着可以粗纵生命。欲得长生,人各有异。艺术品也终有消亡之时。王世贞[1]说过,"画力五百年,书力八百年"。然企望作品生命长久,只是我等一厢情愿。如此想来,怀疑艺术不朽与期冀作品垂世,并无特别矛盾。何种作品可以生命久远?余不通晓书画,然就文学作品而言,文体简洁者生命力久远却是事实。自然,现实中文体即作品之理并不存在,故不可说只要文体出色作品就必能久远,然文体既能影响作品优劣,绚烂夺目之文体格外易朽迈,几无可疑。戈蒂耶的作品,如今不读也可,而梅里美[2]的作品却常读常新。以此省观本邦文学,森鸥外先生的短篇较之同时期发表之《冷笑》《漩涡》等,

---

1 王世贞(1526—1590):中国明代文学家、史学家,字元美,号凤洲、弇州山人,著有《弇州山人四部稿》《弇山堂别集》《艺苑卮言》等。
2 梅里美(1803—1870):法国小说家、剧作家,代表作有《高龙巴》《卡门》等。

如今犹充满清新之气，称其昨日刚刚校毕也无不可。昔日左拉学习文体，曾哀叹未以伏尔泰之简为宗而以卢梭之繁为范，并预言自己的作品迟早会过时，可谓甚是识己。如前所述，文体并非作品之全部，如何超越文体，追求长久，仍需归结于作品之深度。所谓"凡事物能垂传久远者……需切实之体"（《芥舟学画编》），于文艺亦确当之论。

流俗

流俗的特色，在于常株守前代之有用真理。一代、两代甚至三代前之真理，其渐次陈腐，终沦为各色流俗。一代究长几何？因时因地，终难定于一概，以日本而论，或约十年。流俗对于学问艺术之伤害程度，与株守真理之陈旧成反比。譬如，武士道主义者如今犹如儿童戏玩，难碍时代进步，即是此法则之绝好实例。故当今文坛，人道主义之走卒，较自然主义之走卒对文坛羁碍更甚，也是当然的了。

Butler 一说

勃特勒[1]曾评说:"莫里哀把自己的剧本读给文盲老妪听,并非认为老妪的批评正确,而是在朗读过程中能发现剧本之瑕疵。此种场合,充任听者的,数老妪最佳。"此说有一定道理。白居易等将诗作读给老妇听,或许也有同样意图。而余以为勃特勒之说有趣味,非只因为其确有道理,若非如勃特勒般富有创作经验者,断无可能道破此理。诚然,世上寻常学者批评家或许也能理解莫里哀之喜剧,然仅止于此,却道不出勃特勒之说。欲解此中妙谛,须于内心感莫里哀之所感,喜莫里哀之所喜。罗丹手记之所以可贵,亦多因此故。若想见二千里外故人,必先忧思自苦。

---

[1] 勃特勒(1835—1902):英国小说家,著有《埃瑞璜》《众生之路》等。

今夜

今夜,静心胡坐[1]于桌边,口啜补罗汀[2]冲剂,感受泰平小民之心境。此时写小说甚为可怜,与其写这类物什,莫如习作俳句或更有益修养心性。然较之俳句,或许习字更佳。不,相较起来,此刻这般胡坐更为难得。我不曾读过道家、佛家之书,然心底却似乎潜藏有虚无之基因。正如西洋人百般挣扎,终还是不得不皈依天主信仰,我年岁渐增,或许也会生出隐遁之念,然而只今仍迷恋女子、贪恋金钱之时,终究难以决绝效仿。仙人之中,也有蓄财如祝鸡翁[3]、渔色如郭璞[4]者,此等仙人倒似立地可成。然而,若果能成为仙人,我却不愿做俗仙人,年纪轻轻便去当一读得

---

1 胡坐:盘腿而坐。
2 补罗汀(Brocin):一种镇咳祛痰方剂,由丸石制药合名会社生产,主要成分为从山樱树皮中提取的原液。
3 祝鸡翁:中国神话传说人物,善养鸡,"得千余万"。见中国西汉刘向《列仙传》。
4 郭璞(276—324):中国晋代文学家、训诂学家,善卜筮,曾注《周易》《山海经》等,性情放逸,嗜酒好色。

懂横写文字[1]的隐士,更是碍难从之,相较而言,做小说家似更近乎正道。此可谓"寻仙未向碧山行,住在人间足道情"乎?不知何故,今夜所写尽是似通非通的自言自语。

梦

世间小说所写之梦,我总以为并不似梦,多可见人工斧凿痕迹。于此意义上,《罪与罚》中困马之梦也给人虚假之感。虽写梦中之事,然而欲写得像样如真,较之肤浅随意的现实描摹,反而更需周到安排。盖因梦中之事,时间、空间、因果关系,全然异于现实,且此种迥异,终究无现成物事可类喻。故倘若不摹写亲历之梦,欲将梦描摹如真,几无可能。然而以梦作小说道具时,为达此目的,倘无合适贴切之

---

[1] 日本文字也有横写,但主要为竖写格式,一般"横写文字"即指西洋文字。

梦，便无法如实描摹出梦。因此之故，小说写梦再佳也难超越陀思妥耶夫斯基困马之梦。反之，将实际所做之梦写成小说，即使不以梦自身为描摹对象，却也能呈现梦一般之心境，如此，常能产生极富神秘性之作品。据闻斯蒂文森[1]名作《自杀俱乐部》，其灵感即源自某人之梦。故若想写此类小说，最好将所做之梦随时录下。我于此道甚是懒惰，而都德确留有梦之手记。本邦志贺直哉[2]氏也有小品佳作《奚川》。

日本画之写实

日本画家拘守写实，我总觉得不可思议。写实精进，或可有所成就，然虽有成就，终无法臻达西洋画之写实。欲表现光、空气、质量之感觉，为何不先执

---

[1] 斯蒂文森（1850—1894）：英国诗人、小说家，著有《金银岛》《化身博士》等。

[2] 志贺直哉（1883—1971）：日本小说家，著有《在城崎》《和解》《暗夜行路》《灰色的月》等。

调色板？且表现此种感觉，与印象派之表现外光效果，趣造相异甚多。法兰西人已前行一步，而日本画家拘守写实，实乃横向而行。我观速水御舟[1]之《舞姬图》，甚觉日本画之可悲。昔日芳几[2]所作写真画与之类似，却因所求即为俚俗，反倒不至令人生厌。虽深知冒犯太甚，我还是不得不说，速水等人作画之动机，不意竟如此根基虚浮。

理解

有人以为，只有一时放浪形骸，方能悟得艺术谛道。近日与人谈及道义、宗教，其嘴脸仿佛松尾芭蕉、达·芬奇都不在话下。达·芬奇姑且不论，即使芭蕉，欲粗略理解其精妙之处也需花费相当苦劳，对生于末世的我等而言，芭蕉之伟大或恐此身已死犹不

1　速水御舟（1894—1935）：日本画家。
2　落合芳几（1833—1904）：日本浮世绘画师。

能理解。《约翰·克利斯朵夫》中有一节，某俗人以为自己能如克利斯朵夫般理解贝多芬。理解并不如世间想象的那般轻易做到。无论如何，既有志于艺术之道，不断理解、深化理解尤为重要，否则必将沦于野狐禅。偶读《电气与文艺》诸家之芭蕉论，见一二篇纯属孟浪杜撰，心有不平故书以为记。

西洋人

斟茶奉客，饮者品啜之前先欣赏一番茶碗。于日本人此可谓家常便饭，而西洋人似乎极少如此。"此咖啡杯真漂亮"之类的对话，西洋小说中也似无可寻。就此而言，或许日本人是艺术性的，又或日本人的艺术性细腻到无微不至也未可知。利奇[1]先生乃出色的陶艺师，然而看他所制作碟子茶碗，作品背后似

---

[1] 伯纳德·利奇（1887—1979）：英国陶艺家、设计师。

乎精坚之心。我以为，虽是微不足道之小事，倘若有人注意到这一点，倒也能感受到西洋人在此方面远不敌日本人。

粗细与纯杂

粗细由气质差异决定。厌粗喜细，各随己好为佳。然而粗细与纯杂又自有不同。纯杂非只因依气质差异，更植根于人格深处，实乃人生要事。尊纯卑杂，应超越个人好恶而作评断。今夜偶读菊池宽[1]氏《极乐》，菊池之小说虽可谓粗，却始终未受杂俗之气熏染，证据在于作品中雅俗不论但语汇丰富，虽非独一无二，然没有虚张声势的词语。堪称自成一格、少有等俦的小说。就此一点，我以为，倒是一二位大家

---

[1] 菊池宽（1888—1948）：日本小说家、剧作家，日本两大文艺奖项芥川奖和直木奖的设立者，著有小说《不计恩仇》《珍珠夫人》等。

之作品散发着杂俗的屎臭。如前所述，粗细乃由气质差异决定，故从欣赏角度而言，对菊池宽的小说喜欢与否，任何人尽可公言。然评判其艺术价值时，因其粗而苛切不容，则难免被讥偏于一己所好。同时，就创作而言，菊池的小说与菊池的气质殊难割裂开来，其粗并非信笔由之的结果。故此，其他作家尤其喜好细的作家，若胡乱蹈袭菊池的小说写法，势将陷于杂俗之病。我与菊池气质悬隔，于粗细之好恶抑或相左甚多，但若论纯与杂，则我等未必别肚他肠。

侏儒的话（选译）

《侏儒的话》序

《侏儒的话》未必表达了我的思想，只不过间或可以从中窥见我的思想变化轨迹而已。较之一棵草，它或许是一株蔓草——而且能生长出多茎枝柯的蔓草。

修身

道德是权宜的别名，类似"左侧通行"。

道德赐予的恩惠是时间与气力的节省,而带来的损害则是良心的麻痹。

肆意悖反道德者缺乏经济意识,而一味屈从道德者乃懦夫或懒汉。

支配我们的道德是被资本主义毒化了的封建时代的道德,除了损害,我们从中几乎没有得到任何恩惠。

强者蹂躏道德,弱者受道德爱抚,而遭受道德迫害的,常常是介于强者和弱者之间的人。

道德通常就是一件旧衣裳。

良心并不像我们的胡须一样随年龄而增长。为了获得良心,我们须进行若干训练才行。

一国民众，九成以上为无良心者。

我们的悲剧是，由于年轻，或由于训练不充分，在获得良心之前被斥为无耻之徒。

我们的喜剧则是，由于年轻，或由于训练不充分，在被斥为无耻之徒后，终于获得了良心。

良心乃是一种严肃的趣致。

良心或许可养成道德，但道德却连个良心的"良"字都从未养成过。

如同所有趣致，良心也拥有近乎病态的拥趸，其中十之八九若非聪明的贵族即睿智的富豪。

侏儒的祈祷

我是身穿五彩衣、献演筋斗戏，只要得享太平则别无所求的侏儒，敬祈满足我的心愿：

不要让我穷得粒米不剩，也不要让我富得熊掌都吃厌。

不要让我连采桑农妇都厌嫌，也不要让我连后宫佳丽也爱上我。

不要让我愚昧得麦菽不辨，也不要让我精明得能明察云天。

更不要让我成为勇猛的英雄。事实上，我有时会梦见自己登上险峰之巅或踏破惊涛骇浪，即梦到我能变不可能为可能——没有比做这种梦更令人骇惧了。我拼命与这噩梦格斗，仿佛与恶龙搏斗，为此我痛苦不堪。请不要让我成为英雄——不要让我萌生英雄气概，保佑卑弱的我平安。

我是醉芳春酒、哦金缕歌的侏儒，倘能安享如此佳日，夫复何求。

神秘主义

神秘主义并没有因文明而衰退，反倒是文明促进了神秘主义长足的进步。

古人相信我们人类的祖先是亚当，也就是相信创世纪传说，而今人甚至连中学生都相信是猿猴，即相信达尔文学说。这也意味着，在相信书本这一点上，今人同古人毫无二致。古人或许目睹过创世纪，而今人除少数专家外连根本没有读过达尔文著作的人却恬然相信其说。较之相信耶和华吹了一口气的泥土即亚当为祖先，相信猿猴为祖先并不显得更加光彩，然而今人无不深信不疑。

不只是进化论。即使地球是圆的这一点真正知晓的也仅是少数人，大多数人只是人云亦云。倘若追问一句为何是圆的，则上至总理大臣，下至工薪一族，谁都道不出所以然。

再举一例，今人没有人再像古人那样相信幽灵存在，然而仍时不时冒出看到过幽灵的说法。为什么不再相信？因为那些所谓看到幽灵的人被迷信迷住了；

为什么会被迷信迷住？因为他们看到过幽灵。这显而易见是一种循环论法。

何况，一些更加错综复杂的问题几乎完全立足于信念。我们对理性充耳不闻。不，是只对不合理性的某些事物倾耳恭听。某些事物——我只能称之为"某些事物"，因为找不到适切的名称。若非要为其命名，只能采用象征手法，称作蔷薇、鱼虾、蜡烛等，即使称之为我们的帽子也无不可。我们像不戴鸟翎帽而戴软折帽和硬礼帽一样，极自然地相信祖先是猿猴、相信幽灵不存在、相信地球是圆的。如若不信，不妨想象一下爱因斯坦博士及其相对论在日本大受欢迎的情形，那是神秘主义的庆典，是匪夷所思的庄严仪式。至于为何那样狂热，连改造社主人山本氏[1]也浑然不知。

如此说来，伟大的神秘主义者既不是史威登堡[2]

1　山本实彦（1885—1952）：日本政治家、出版家，创立改造社书店并创办《改造》杂志，刊行《现在日本文学全集》。
2　伊曼纽·史威登堡：瑞典科学家、神学家、神秘主义者，著有《天堂与地狱》《契合的爱》《真正的基督教信仰》等。

也不是波墨[1]，而是我们的文明之民。并且，我们的信念也同三越百货店的陈列橱窗毫无二致。支配我们信念的通常是难以把握的流行时尚，或是近似神意的世间好恶。实际上，西施和龙阳君[2]的祖先也是猿猴这一信念，多少会给我们一些安慰。

创作

艺术家或许始终有意识地在创作作品，但就作品来看，其美丑有一半得归因于超出艺术家意识的神秘世界。一半？说大半也未尝不可。

很奇怪，我们往往不打自招。我们的灵魂难免自

1　雅各·波墨（1575—1624）：德国神学家、神秘主义者，著有《伟大的神秘主义》《走向基督之途》等。
2　龙阳君：中国战国时代魏国公子，以龙阳泣鱼著称，在日本因《绘本通俗战国策》而广为人知。

然而然地在作品中露见。古人的一刀一拜[1]，莫不是在诉说对于无意识境界的敬畏？

创作常常是在冒险。归根结底，尽人力之后便只能听天命了。

少时学语苦难圆，只道工夫半未全。
到老始知非力取，三分人事七分天。

赵瓯北《论诗》七绝应该道出了此中真谛。艺术具有一种深不可测的威力。倘若我们既不贪财又不求名，并且不为近乎病态的创作欲所折磨，我们或许没有勇气同这可怕的艺术格斗。

---

1 一刀一拜：也说"一刀三礼"，原指雕刻佛像时每雕一刀合掌一拜，以示虔诚。

鉴赏

艺术鉴赏是艺术家同鉴赏者间的协同作业。说起来，鉴赏者不过是以某件作品为题照量自身的创作而已。因此，在任何时代都声名不坠的作品必然具有其特色，经得起方方面面的鉴赏。但这并不是像法朗士所说的，作品本身含义模糊因而可以随意解释，毋宁说它犹如庐山群峰，具有可从各个角度进行鉴赏的多样性。

经典

经典的作者之所以幸福，是因为他们已死。

又

我们——或者说诸君——之所以幸福，也是因为他们已死。

幻灭的艺术家

一群艺术家生活在幻灭世界。他们不相信爱,也不相信良心,唯像昔日苦行僧那般以一无所有的沙漠为家。这确乎悲哀。然而美丽的屋景只出现于沙漠上空。对百般人事感到幻灭的他们,对艺术却仍未幻灭,不,甚至一谈及艺术,他们眼前立即会出现帛人难能见识的金色梦幻。事实上,超乎人们想象,他们未尝不拥有幸福的瞬间。

告白

任何人都不能做到毫无保留的自我告白。可同时,不告白又无论如何也表达不出情感。

卢梭喜欢告白,然而从《忏悔录》中却看不到一个赤裸裸的他;梅里美讨厌告白,可《高龙巴》不是隐约间说的他自己吗?说到底,告白文学同其他文学的界限并不像表面所见的那样清晰。

人生
——致石黑定一君

倘若令没有学过游泳的人游泳,想必任何人都会认为是胡闹;又倘若令没练过跑步的人赛跑,人们也不能不认为这不合情理。然而,这就如同我们一降生便背负这种荒唐命令一样。

我们在母胎中时,可有学过应对人生之道?可一出母胎,无论如何都不得不踏入角斗场般的人生。没学过游泳者不可能游好,没练过跑步者必定落后败北,我们也不可能毫无疮痍地步出人生角斗场。

诚然,世人或许会说:"学前人样子就行。那就是你们的表率。"然而,即使看着数百成千的泳者和赛跑选手之姿,仍不可能迅即学会游泳及赛跑,不仅如此，那些泳者无一不呛过水、赛跑选手无一不沾满尘泥。请看，即便世界名将不也都是春风微笑之下藏着一张苦脸嘛。

人生宛似一场狂人主办的奥林匹克大会。我们只有在同人生格斗中学会与人生格斗。倘若对这种荒诞游戏愤慨难平，最好赶快退出赛场，自杀亦不失为一种权宜，但决心留在人生赛场上者，只有不畏摧伤奋力去格斗。

又

人生似一盒火柴。视如至珍未免愚蠢，视之如屣又不无危险。

又

人生就像一本缺了很多页的书，很难说它是本完整的书，但不管怎样它确是一本书。

政治天才

自古以来，政治天才似乎总被认为是以民众意志为其自身意志者。其实恰恰相反。莫如说政治天才乃以其自身意志为民众意志者，至少是使人相信乃民众意志者。因此，政治天才兼有表演天才。拿破仑曾说过："庄严与滑稽仅一步之差。"这与其说是帝王之言，更像是句名优之言。

又

民众相信大义。而政治天才总是对大义分文不予，仅仅为统治民众借用大义的面具，而一旦借用一次，便永远无法摘下。倘若强行摘下，任何政治天才都将迅即死于非命。就是说，为保住王冠，帝王也不得不受人统治。所以，政治天才的悲剧未必不兼有喜剧色彩，就如兼有昔时《徒然草》中仁和寺法师顶釜而舞那样的喜剧。

丑闻

公众喜欢丑闻。白莲事件、有岛事件、武者小路事件……公众从这些事件中得到莫大的满足。公众何以喜欢他人尤其是有名人士的丑闻？古尔蒙给出了答案："因为可以使得掩藏着的自家丑闻显得理直气壮。"

古尔蒙一语中的。但未必尽然。同丑闻都无缘的俗夫们，在各种名士丑闻中找到为自己懦弱辩护的绝好武器，同时发现建立自己实际上并不存在的优势的台基："我不如白莲女士漂亮，可我比她贞洁。""我不像有岛氏那样有才华，但比他通情达理。""我不如武者小路氏……"言罢，公众便如猪一般幸福地进入熟睡。

又

天才的另一面,是他们显然具有制造丑闻的才能。

舆论

舆论通常是私刑,而私刑又通常是一种娱乐,即使不用枪而代之以新闻报道。

又

舆论的存在价值,仅仅在于提供一种蹂躏舆论的乐趣。

危险思想

所谓危险思想,就是试图将常识付诸实施的思想。

恶

具有艺术气质的青年,对"人之恶"的发现通常较任何人都要迟。

悲剧

所谓悲剧,就是敢于实施自己引以为耻的行为。故此,引起万人共鸣的悲剧所起的作用便是发泄。

社交

一切社交自然都需要一点谎言。倘若不带半点谎言、对知己好友吐露真心,即使如古代管鲍之交也不能不产生嫌隙。管鲍之交暂且不问,我们每个人或多或少都会对亲朋好友心存厌恶或蔑侮,但在利害面前,厌恶也只能收敛。而蔑侮则多多益善,会使人恬然自在地说谎。故此,为同知己好友亲密地交往,彼此都须充分地心怀利害计算、心存蔑侮。当然这对任何人而言都是极苛刻的要求,不然,我们或许早已成为温良礼让的绅士,世界也早已呈现和平之黄金时代了。

琐事

为使人生幸福,须热爱日常琐事。云之光影、竹之曳动、群雀之声、行人之颜……须从所有日常琐事中默悟无上的甘露之味。

然而，为使人生幸福而热爱琐事者必为琐事所苦。跃入庭前古池的青蛙想必摆脱了百年忧烦，但跃出古池的青蛙或许又会产生百年的困恼。芭蕉的一生是享乐的一生，但同时在任何人眼里也是受苦的一生。为了稍许享一点乐，我们也必须稍稍受点苦。

为使人生幸福，我们不得不受苦于日常琐事。云之光影、竹之曳动、群雀之声、行人之颜……不得不从所有日常琐事中识悟堕入地狱般的痛苦。

神

神的所有属性中，最令人同情的是神不会自杀。

又

我们发现痛骂神的无数理由。但不幸的是，日本人并不相信值得痛骂的全能之神。

一辩

某新时代评论家解释"猬集"时引用了成语"门可罗雀"。成语"门可罗雀"乃中国人所创,日本人若使用未必非沿袭中国人的用法不可。倘若可行,形容说"她的微笑像门可罗雀"也无不可。

万事皆取决于这不可思议的"可行"。譬如,"私小说"不也是如此？Ich-Roman 的原意是使用第一人称的小说,这里的"私"不一定非作者自身不可。然而,日本的私小说通常被定义为"私"乃作者本人的小说,不仅如此,有时小说家自身的生活阅历,以至使用第三人称的小说也被称为"私小说"。不消说,这是无视德意志人甚至所有西洋人用法的一个最新实例。然而全能的"可行"赋予了此例生命。或许成语"门可罗雀"迟早也会出现类似意外新例。

如此一来,某评论家便不是多么缺乏学识,而是急于追求反乎时流的新例,而受到这位评论家揶揄的——总之,所有的先觉者们,都必须自甘薄幸才是。

制约

天才也各受制于难以突破的某种制约。意识到这种制约，不能不令人或多或少地心生凄怆，但不知不觉间反倒会生出一种亲切感，正如悟得竹是竹、藤是藤这个道理一样。

庸才

庸才之作即使是大作，也必定如无窗之屋，根本无法从中展望人生。

机智

所谓机智，乃缺乏三段论法的思想，而他们所说的"思想"，乃缺乏思想的三段论法。

又

对机智的厌恶之念根植于人类的贫瘠。

武者修行

我一向以为武者修行是指同八方剑客切磋，精进武艺，实际上是为了证验天下舍我其谁。——《宫本武藏》读后有感。

雨果

覆盖整个法国的一片面包。而且不论怎么看，黄油都涂得太不够。

陀思妥耶夫斯基

陀思妥耶夫斯基的小说充满种种讽刺,毫无疑问,大部分讽刺足以令恶魔头痛不已。

福楼拜

福楼拜教会我们的是,无聊有时也是美的。

莫泊桑

莫泊桑犹如冰块。当然有时候也像冰糖。

爱伦·坡

爱伦·坡创作《斯芬克斯》之前研究了解剖学,

令后人震骇的秘密即隐于此中。

森鸥外

说到底,鸥外先生是个着军服、挂宝剑的希腊人。

摩尔的话

乔治·穆尔[1]《我的死了的生活的回忆》中有这样一句:"伟大画家对署名的位置很有心得,且绝不会在同一位置署两次名。"

当然,"在同一位置署两次名"对任何画家来说都不会如此。对此不必苛责。我感到意外的是"伟大

---

[1] 乔治·穆尔(1852—1933):爱尔兰诗人、小说家、剧作家、评论家,著有《一个青年的自白》《致敬与告别》等。

画家对署名的位置很有心得"这句。东方画家中从未曾有人小觑落款位置,让他们注意落款位置纯属陈腐。想到摩尔竟然就此特书一笔,不能不令人深感东西之有别。

大作

将大作与杰作混为一谈确乎乃鉴赏上的物质主义。大作充其量只是工夫问题。较之米开朗琪罗《最后的审判》,我更喜爱伦勃朗六十余岁时的自画像。

我所钟爱的作品

我钟爱的作品——文艺作品——说到底是能令人感觉到作家人性的作品。拥有大脑、心脏和情感物欲的活生生的人。但不幸,大多作家都是某一方面不健全的残疾（当然，有时候一个伟大的残疾也不能不令人佩服）。

艺术家的幸福

最幸福的艺术家是晚年博得声名的艺术家。由此想到，国木田独步[1]也未必不幸福。

天才

天才同我们仅一步之隔。只是，为了理解这一步，必须懂得九十九里半百里这一超数学才行。

---

1 国木田独步（1871—1908）：日本诗人、小说家，本名哲夫，著有《武藏野》《牛肉与马铃薯》等。

又

天才同我们仅一步之隔。同代人通常无法理解这一步等于千里,后代人则看不见这一步之千里。同代人因此杀死天才,后代人因此焚香于天才灵前。

又

很难相信民众吝于承认天才,然而其承认方式通常都很滑稽。

又

天才的悲剧是被施与"小巧玲珑且安之恬然"的名声。

诸君

诸君害怕青年为艺术而堕落。但请放心,他们不像诸君那般容易堕落。

又

诸君害怕艺术毒害国民。但请放心,至少艺术绝不可能毒害诸君——理解不了两千年来的艺术之魅力的诸君。

徒然草

我屡屡被人问:"你一定喜欢《徒然草》吧?"然而不幸,我从未读过《徒然草》。老实交代,《徒然草》如此有名也是我无法理解的,即使我承认它适合收入中学的教科书。

男人

男人向来看重工作胜过恋爱。倘若怀疑这一事实,不妨读一读巴尔扎克书简。他在致汉斯卡伯爵夫人的信中写道:"若以稿费计,这封信好几个法郎都不止。"

言行一致

为博取言行一致的美名,首先必须擅长自我辩护。

艺术至上主义者

自古以来,狂热的艺术至上主义者大抵是艺术上的无能者,正如狂热的国家主义者大抵是亡国之民——我们谁都不会去追求自己拥有的东西。

小说

真正的小说,不单是事件的发展少有偶然性,较之人生本身恐怕也少有偶然性。

文章

文章中的词汇必须比印在辞书上时多些姿色。

又

他们都像樗牛[1]那样口称"文章即人",而内心却似乎都认为"人即文章"。

---

[1] 高山樗牛(1871—1902):日本评论家,本名林次郎,著有《文学及人生》等。

处世智慧

灭火不如放火容易。《漂亮朋友》主人公代表想必即是拥有这种处世智慧的代表人物,他在热恋时已经想好了一刀两断。

又

单就处世而言,热情不足倒不足为虑。较之于此,更危险的显然是冷淡不足。

作家的造语

"畸士""高等游民""露恶家""凡常"等词语在文坛通行开来,始于夏目漱石先生。这种作家自造的词语夏目先生之后亦有之,其中最流行的是久米正雄君所造"微苦笑""强气弱气"。此外,"等、等、等"

则是宇野浩二[1]君创造的写法。我们通常不是有意识地脱帽,非只如此,有时甚至有意识地向视为敌、为怪、为犬者脱帽。或许,斥骂某作家的文章中出现该作家所创词语不是偶然的。

荻生徂徕[2]

　　荻生徂徕以口嚼炒豆骂古人为快。嚼炒豆我相信是出于节俭,至于为何骂古人则一向不解,不过今日想来,确实较骂今人更无可非议。

---

[1] 宇野浩二（1891—1961）：日本小说家,本名格次郎,著有《库房中》《苦恼的世界》等。
[2] 荻生徂徕（1666—1728）：日本江户中期儒学家,本名双松,字茂卿,号蘐园,著有《辩道》《太平策》《蘐园随笔》等。

作家

写文章不可或缺的首先是创作热情,要使创作热情燃起不可或缺的首先是出众的健康,意欲投身文笔业的人不可轻视瑞典体操[1]、菜食主义、复合淀粉酶[2]等。

又

意欲投身文笔业者即使身为文明之人,灵魂深处也须住有一个野蛮人。

---

[1] 瑞典体操:又称"林氏体操",由瑞典体育教育家林于19世纪初创立,运用生理学和解剖学等科学知识,强调身体各个部分、各种机能的协调发展,从而达到健康和均衡成长的目的。
[2] 复合淀粉酶:淀粉酶可以溶解食物中的淀粉,促进胃肠消化。

又

意欲为文却为此自惭是一种罪恶。一块自惭的心田上是生长不出任何独创嫩芽的。

又

蜈蚣：用脚走走看！
蝴蝶：哼，用翅膀飞一下看看！

又

气韵是作家的后脑勺，作家自己看不见，倘勉为其难去看，只会折断了颈骨。

又

评论家：你只会写工薪一族的生活？
作家：有谁什么都会写吗？

又

自古以来的天才，都将帽子挂在我等凡人触手不及的壁钉上。当然，并非没有垫脚凳。

又

然而，偏偏那垫脚凳不知躺在哪家旧家具铺里。

又

所有作家都有着木匠的一面,这没什么好羞耻的。而所有木匠也都有着作家的一面。

又

不只如此,所有作家还都在开店。什么,我不卖作品?那是没有顾客的时候,或者不卖也未尝不可的时候。

又

演员和歌手的幸福在于他们不留下作品——并非没有这样想过。

理性

我看不起伏尔泰。倘若自始至终都能保持理性,我们不能不满腔愤慨地诅咒我们的存在。可是醉心于赞美世界的《老实人》[1]作者的幸福算什么!

理性

理性教会我的,说到底,是理性的无能。

命运

命运较偶然更具必然性。"性格即命运"之语绝非等闲产生的。

---

1 《老实人》:伏尔泰所著哲理小说。

教授

借用医家之语，倘若教授文艺必当临床者方可，然而他们至今还未把过人生脉搏，更何况，他们中有人声称通晓英法文学却不通晓孕育了他们祖国的文艺。

智德合一

我们甚至不了解我们自己，将我们所知付之于行更非容易。写出《智慧与命运》的梅特林克亦不了解智慧与命运。

艺术

最难的艺术是自由打发人生。当然，"自由"并不意味着厚颜无耻。

小说家

最好的小说家是"通达世故的诗人"。

词语

所有词语都如钱币一样具有两面,譬如"敏感"的另一面是"怯懦"。

某物质主义者的信条

"我不相信神,但我相信神经。"

傻子

傻子总以为除了自己别人都是傻子。

《新生》读后

果真"新生"了?

托尔斯泰

读比留科夫[1]《托尔斯泰传》,发现托尔斯泰《忏悔录》《我的宗教》显然在说谎,然而最令人痛心的却是持续说谎的托尔斯泰那颗心。他的谎言较其他人的真实更鲜血淋漓。

斯特林堡

他无所不知,并且无所顾忌地将之曝扬出来。无

---

[1] 比留科夫:托尔斯泰密友,曾任杂志社编辑,著有最早的托尔斯泰传记。

所顾忌？不，也和我们一样多少有所算计吧。

又

斯特林堡在《传说》中说他做过死是否痛苦的实验。然而此种实验非同游戏。他也算是"想死而未死"的人之一。

某理想主义者

他毫不怀疑自己是现实主义者。然而，这样的他说到底只是个理想化了的他。

某才子

他坚信自己即使成为恶棍也不会成为傻瓜。然而数年过后,他非但没有成为恶棍,反倒一直是傻瓜。

自我厌恶

自我厌恶最显著的征兆是试图从一切事物中发现虚伪。不只如此,他丝毫也没有从中感到满足。

我

我没有良心,我有的只是神经。

Ⅳ 文艺理论与批评

芥川龙之介 | 1892—1927

"私"小说论小见
——致藤泽清造[1]君

文艺作品分类繁多,诗与散文、抒情诗与叙事诗、"正宗"小说与"私"小说……如此罗列,肯定还有诸多其他形类。然而,这些名称未必道出他们的本质差别,不过是依据某些外化标准贴上去的标签而已。即以诗而言,倘若只给符合某一标准的作品冠以诗的名称,必然把所有的自由诗及散文诗都排除在外;倘若给自由诗及散文诗也冠以诗的名称,则这些作品的共通特色,仅仅只剩广义之"诗一般"的作

---

[1] 藤泽清造:日本小说家、剧作家、评论家,著有《根津权力内幕》等。

品——具有艺术性。所谓韵文艺术和散文艺术的差别，大抵也成了复杂化的诗同散文的差别而已。诚然，散文艺术——譬如小说，看上去和诗似有些不同，但区别在哪里？人们经常说，较之诗，小说给人的感受更接近我们实际生活。人们又说，小说以外，这种感受只存在于使用韵文的小说——叙事诗中。然而叙事诗同抒情诗的差别——客观文艺同主观文艺的差别，本质上并无什么差别。无需从西洋寻找例证，兰派[1]的短歌连作便既是抒情诗又是叙事诗。如果抒情诗同叙事诗没有了差别，想必一切诗就会像春天一样迅速流漾进所有散文中。

接下来我想探讨一下久米正雄君主张的，近来并得到宇野浩二君声援的"散文艺术的正道是'私'小说"这一观点。要探讨这个观点，必须先知晓何为"私"小说。久米君称，所谓"私"小说并非指西洋人所说第一人称小说，只要小说描写了作者的实际生活且不属单纯的自传，即使采用第二人称或者第三人

1　兰派：日本诗歌重要流派。

称也可以。然而自传或自白与自传性或者自白性小说在本质上亦无差别。同样，根据久米君说法，卢梭之《忏悔录》不过是单纯的自传，而斯特林堡之《狂人辩词》则是自传性的小说。然而比较一下，我们除了偶尔能从《狂人辩词》中感觉到《忏悔录》的结构样式，就感受不到两者在本质上有何差别。诚然，两者在描写或叙述上有多种差异（如果要举出两者外在表现上的最大差异，就是卢梭的《忏悔录》没有像斯特林堡《狂人辩词》那样将对话另行排印）。然而，这并非自传和自传性小说的差别，而是卢梭和斯特林堡因时代及地理等因素造成的差别。如此，只能说"私"小说之所以是"私"小说，并不在于它是自传，而仅在于它"描写了作者的实际生活"。反过来说，即在于它仅是自传，这也就意味着它是较抒情诗更复杂的主观性的艺术。前面提到过，叙事诗同抒情诗——客观文艺同主观文艺，本质上并不存在差别，而只是依据某些外化标准贴上去的标签似的东西。倘若叙事诗同抒情诗本质上没有差别，则"私"小说与"正宗"小说在本质上同样也应该没有任何差别。必须说,"私"小说之所以是"私"小说的理由,实际上是不存在的,如果说存在,也仅存在于"私"小说中某个事件被认为等同于作者实际生活中某个事件这样的事实之中。就是说,无论久米君如何定义,"私"小说只能是这样的——"私"小说是带有"不是谎言"这种承诺的小说。

为慎重起见再重复一遍,"私"小说之所以是"私"小说,就在于它"不是谎言"。这绝对不是我个人夸张之词。"不管怎么巧妙,都不能相信'私'小说以外的小说的真实性。"久米君本人也确实不止一次这样主张过,但"不是谎言"这一点,对于实际问题的意义且不说,在艺术上并不具有任何权威性。看看文艺以外的其他艺术,譬如绘画,就会明白,在高野山的赤色不动明王面前,没有谁会考虑实际上存不存在这个背上插着火的怪物,但仅凭这种理由对"不是谎言"付之一笑,未免过于简单了。现实中,"不是谎言"这种说法对文艺好像确实有些特殊意义,因为人们普遍认为,文艺较之其他艺术,与道德及功利性的认识的关系更深刻。然而在与这些毫无关系的方面，文艺同其他艺术也一样。诚然，我们在实际中——在"创作什么、什么时候、面向谁"发表的问题上，有时会有道德及功利性的考虑，但作为超越了这种考虑的文艺本身，是不受任何约束的，像风一样自由，倘若没有达到彻底的自由，我们就不能对文艺的内在价值说三道四，文艺也就自然而然地处于一种奴隶地位，上有"被文艺化的人生观"，下有各式主义的宣传机关。前面说到文艺像风一样自由，若确实如此，则"不是谎言"也会如落叶一般，必然被风刮跑。不，不止"不是谎言"，而且与"私"小说多少有关的错误见解如"作者在作品中应当始终坦诚"之类说法，也理应会被风刮跑。本来，"坦诚"或"不欺骗人"一类说法，即便能成为道德上的准绳，也绝不是文艺上的准绳。况且作家是除了内心已经存在的东西之外什么也不会表达的人。譬如某位"私"小说作家，赋予他笔下主人公他自身所没有的孝顺的美德。既然小说的主人公与自己大相径庭，说作者是道德上的说谎者或许恰如其分。然而，有着这样的主人公的"私"小说在作者还没有发表之前就已经存在于他心里了，因此他并非说谎者，只不过将自己内心的东西拿出来给大家观看而已。倘若认为他说谎，只能限于此种情况：他为了某个目的像卖淫一样出卖自己的才分，浪掷了将他内心的"私"小说充分外部化（抑或说表现出来）的机会。

所谓"私"小说，就是如上所说的小说。称这种小说为散文文艺的正道，当然是荒谬的。然而，之所以说它荒谬，原因不仅限于以上所论。说到底，散文文艺的正道究竟是什么？前面说到，散文艺术同韵文艺术之间的某些差别，并不意味它们本质上存在差别，只是依据某种量化标准贴上去的标签。如此，就不能将散文艺术的正道解释为"最具文艺性的散文艺术"。如果不能如此，就只能解释为："最具散文艺术性的散文艺术"。然而，"最具散文艺术性的散文艺术"归根到底也只是散文艺术而已。譬如用纸卷烟替换散文艺术，从烟草这个本质上说，纸卷烟和叶卷烟（雪茄）丝毫没有差别。因此，若说纸卷烟的正道是"最具烟草性的纸卷烟"，显然是滑稽的，只能说"最具纸卷烟性的纸卷烟"。我想依据常识问一问诸位——所谓"最具纸卷烟性的纸卷烟",除了一般的烟卷之外又能指什么?散文艺术的正道的说法,同"最具纸卷烟性的纸卷烟"的说法如出一辙。正如此例所显示,"散文艺术的正道是'私'小说"之论,其破绽不单单表现在将散文艺术的正道替换成"私"小说,并且一开始在构筑空中楼阁时就已经现出了破绽。那么,散文艺术的正道东西是否就不存在?从某种意义上说,未必不存在。一切艺术的正道都存乎杰出作品之中。如果说散文艺术的正道也存在于某处,或恐就在杰作堆而成垒的山上。

我对久米君所主张之"散文艺术的正道是'私'小说"这种观点的批评,已经基本说完。很遗憾,我的立场同久米君的立场势不两立。但是,对于久米君的主张我并非毫无敬意。譬如,久米君将"私"小说与自传截然区分开来,我在前面虽说过不赞成他所说的差别根据,但还是必须说,建立这种差别从某种意义上说恰恰戳中了文坛的积弊。倘若得些闲暇,我确实打算写一篇从这种差别谈起的小论文。此外,对于宇野君的观点我完全存而不论,这是因为,宇野君同久米君一样坚决认为"散文艺术的正道是'私'小说"。当然,毫无疑问,宇野君在其议论中极力主张:"我们日本人的艺术素质,较之'正宗'小说,更适合于'私'小说。"不过这必须看作宇野君的玩笑话。为什么必须看作玩笑话?因为我从我们日本人创造的"正宗"小说作品中,姑且不提《源氏物语》,还可以欣喜地历数出近松[1]的戏剧、西鹤的小说、芭蕉的连句等等——不,首先就可以欣喜地历数出宇野君自己的两三部小说。

最后附带说一句,我提出上述异议绝不是针对"私"小说,而是针对"私"小说论。倘若有人视我为只对"正宗"小说顶礼膜拜的媚世之徒,则不只是我一人的冤屈,同时也是给日本文坛众多"私"小说之名篇脸上抹黑。

---

[1] 近松门左卫门(1653—1724):日本江户中期净琉璃、歌舞伎剧作者,本名杉森信盛,号巢林子,代表作有《倾城返魂香》等。

文艺一般论[1]

我想把文艺这个问题考虑得尽量易懂一些。所谓尽量易懂，也可以换成尽量通俗这个说法。总之，是不用科学思考的方法来考虑问题。同我这种想法相反，对文艺问题进行科学的思考亦未尝不可。事实上，诸家所讲的文学论，都是立足于科学思考的产物，或者说，是理应必须立足于此的产物。假如文学论的目的在于阐明文艺之美及文艺的本质，那么文学

---

1 日本文艺春秋社从1924年9月至翌年5月出版发行《文艺讲座》系列图书十四册，本篇及下一篇《文艺欣赏讲座》就是芥川龙之介为《文艺讲座》系列所写。

论——立足于科学思考的文学论,则必须成为美学各论中的一种。这是我力所不逮的大工程,也是距离《文艺讲座》初衷甚远的旁骛之事。因此,正如前面所说,我只想尽量通俗地探讨一下文艺是什么这个问题。此外,顺便声明一句,前面已经说过不是立足于科学的思考,所以我的想法当然难免流于直观,故而不少地方或许只是我个人的武断,这也是受议论的性质所限而不得已,还望各位读者见谅。

一 语言和文字

文艺有小说、抒情诗以及戏剧等各种各样形式,但任何形式的文艺都须使用文字,或者说,都必须借助于用以表现语言的符号——文字。当然,禅家有"不立文字"[1]之说,然而千真万确的却是,任何高僧

---

1 不立文字:佛教用语,出自宋释普济《五灯会元》,为佛教禅宗的一个重要概念,认为佛法是一种终极真理,不能用言语表达和传授,禅家悟道只能靠师徒心心相印,理解契合。

或睿智之人，倘若不使用语言或文字，他连一首俳句也吟不成。这样说，当然并不意味只要将语言或文字排列起来就成为文艺作品了，无论如何排列，"等边三角形顶角的等分线可以将底边二等分"这样的文字组合显然不是文艺作品。不使用语言或文字的文艺是不存在的——这一点是确定无疑的。那么，文艺究竟是什么？似乎可以说，文艺它首先是一种"借助语言或文字，将语言或文字作为表达手段的艺术"。

前面略有提及，将语言或文字加以排列而成的不一定就是文艺。倘若将文艺喻作一个人，语言或文字就是肉体，无论肉体多完备，但如果没有灵魂终究只是一具僵尸。同理，语言或文字无论怎样排列，如果缺少使文艺成为文艺的某个东西，也不能赋予它文艺的名号。因此，首先抓住使文艺成为文艺的那个东西，然后明确说明这就是文艺，显然要高明得多。然而，这个能使文艺成为文艺的东西，正如前面所说的灵魂一样，不是轻易就能把握的。灵魂既不在肉体内，也不在肉体外，却又只能通过肉体来显示其本真面目。能够使文艺成为文艺的东西，同灵魂也毫无二致。在肉体之外寻求灵魂者，是笃信幽灵的心灵学家，而想在语言或文字之外探寻能使文艺成为文艺的东西者，只能说他们是笃信某种类似幽灵之物的神秘主义者。我是一个完全按常识行事之人，因此方便起见，想首先探讨一下作为艺术之"肉体"的语言或文字的问题。

一概而称"语言或文字"，现在将语言同文字区分开，姑且只考虑语言的问题。语言本是人与人之间为进行有意义的交流而发明的，因此必定带有某种含义。当然，可能有人会说"啊""喔"之类感叹词并无什么实际含义，但尽管它们不像名词或动词那样具有清晰的含义，但不会有人将"啊，多么可悲！"说成"咦，多么可悲！"可见，感叹词也各有其特定用法——也可以说具有某种特殊的含义。其次，语言是利用了人类口中发出的声音，因此必定带有某种声音。这样说，聋哑学校学生的语言又当如何解释？这种提问显然并不适宜，因为哑语虽说也是一种语言，但其实它只是替代普通语言的一种手势语，故不应成为问题。如此，语言第一应具有某种意义，第二还应带有某种声音——这些应当都是常识。然而即便是常识，或许对我下面将要展开的论说多少也会有些助益。

回到前面所说的问题。即不存在不使用语言或文字的文艺，文艺也就是以语言或文字为表达手段的艺术。依此推之，文艺也应当具有某种含义且偶尔带有某种声音。譬如乘坐电车，须先付款然后领取车票，不论为通勤而乘车，或为旅行而乘车，抑或为了去花街狭巷，概莫能外。语言的情况也与之类似。既然使用语言，其在具有某种含义的基础之上还带有某种声音也是理所当然。也就是说，一首诗歌具有诗歌的意思，同时还伴有声音——听起来似乎有点奇怪，总之，是带有音调、曲调之类的东西。当然，小说也好，戏剧也好，在这一点上并无两样。所有的文艺都应具备意思和声音两个方面（下面举例说明意思与声音的关系），只是，某种文艺形式有可能不像其他文艺形式那样重视声音，或者更准确地说，相对来说不太重视听觉效果。相对不太重视听觉效果的文艺形式即可称之为散文艺术；比较重视听觉效果的文艺形式可称为韵文艺术。当然，散文同韵文之间的差别仅是相对而言，因此，用什么来区分难免会模糊暧昧。诚然，将小说同短歌比较，前者显然是散文，后者显然是韵文，不过，这是两个处于散文艺术和韵文艺术两极的形式，倘若将处于两者中间的形式即韵文式的散文同散文式的韵文进行比较，肯定很难分清楚。

如前所说，文艺即将语言或文字作为表达手段的艺术，既然考虑了语言问题，自然也须考虑文字的问题。实际上，文字即表示语言的符号，大致也可说语言就是文字，它具有含义毋庸多说，还带有声音。当然，因为是符号，所以文字本身是不发声的，如若某天文字突然发出声来，就不是符号而成妖魔鬼怪了。如此说来，语言和文字岂不是完全相同？未必。文字具有语言所不具备的形式，这种形式一直以来遭忽视，却绝不可将其草率地归入与文艺无缘的一类东西。如果说语言是表达的手段，则文字也是表达的手段，如果一方面特别重视语言的意思和声音，另一方面却漠视文字这一形式，则无论怎么看都失之偏颇。

文字这种形式一直以来都遭到忽视，这绝非偶然。前面说到，文字是用来表示语言的符号——如此界定当然很简单，但它其实不只是表示语言的符号。如汉字这种东方象形文字（仔细区分的话，汉字不仅仅是象形文字，但此处没有必要细分指事、会意等，故统统以象形文字称之），如 quan 可表示"犬"、pao 可表示"跑"，无疑一字具有一义，而如罗马字那般西洋文字 A 只能是 A，B 只能是 B，它只是一字一音。也就是说，西洋文字不同于东方象形文字，它并不是表示语言的符号。因此，西洋语言除少数例外（如英语的感叹词"O"之类），每个词都是集合了两个以上的文字，这种文字集合的语言其形式并不清晰。当然，A 无疑有 A 的形式、B 无疑也有 B 的形式，但作为一个词来看，它包含了许多词中都有的文字，因此作为词——具有形式个性的词，难免就是模糊暧昧的。正因为此，一直以来西洋人都不重视文字的形式，而在いろは这种表音文字外，同时还使用汉字的我们，便没有同样忽视的道理。实际上，不管讲授文学论的学者怎般忽视，出乎意料的是，一般民众却并没有忽视，其证据便是，想必诸位有时也会歪着脑袋说"这字真难看"吧？所谓字难看，即是指文字的形状，或者说是文字带给人的视觉上的感受。

无须赘言，汉字极富视觉效果。因此，使用汉字的文艺——尤其是只使用汉字的中国的文艺，除了语言的意思及声音外，还很重视文字的形式。且看袁随园[1]的诗："江水三千里，家书十五行，行行无别语，只道早还乡。"多是笔画很少的文字，大大增强了这首看似淡简的绝句的内含情趣。当然，文字的形式或许不像语言的意思和声音，不是支配文艺生命的大问题，然而即使日本的文艺也多少具有重视文字形式的倾向，这也是无可置疑的事实。

再重复一遍：文艺是一种将语言或文字作为表达手段的艺术。具体来说，就是通过语言的意思、语言的声音、文字的形式这三个因素，传达其生命的

---

1 袁枚（1716—1798）：中国清代诗人、散文家、批评家，字子才，号简斋，又号随园主人、仓山居士，著有《小仓山房集》《随园诗话》等。

艺术。接下来的问题，必须转至这三者之间的相互关系。

二 内容和形式

前面说过，文艺是一种通过语言的意思、语言的声音、文字的形式这三个因素传达其生命的艺术。如果再次将文艺喻作人，我以为这三者分别相当于骨头、肌肉、皮肤。骨头、肌肉和皮肤，并非骨头是骨头、肌肉是肌肉、皮肤是皮肤一样能够独立作用的东西，无论何者，都只能作为整体的一环而起作用，如果骨头动了，肌肉和皮肤却不动，则只能意味着此人是残疾——岂止残疾，简直如同半死不活的怪物。语言的意思、语言的声音和文字的形式这三者也必须在同一个整体之中共同起作用，这同上面的例子毫无二致。前面所说的第三个因素——即文字的形式，主要局限于中国的文艺，可以姑且不论。如此一来，剩下的两个因素即语言的意思和语言的声音，就成为必须始终坚持整体活动,或者说不坚持整体活动就无法传达其生命的东西。以短歌为例,一首短歌的意思同一首短歌的声音即是微妙地交织在一起。譬如柿本人麻吕[1]的短歌:"足びきの山河の瀬の鳴るなべに弓月が嶽に雲立ち渡る(涧峡河滩清水喧,弓月山上游云漾)",其酣纵情状若是没有酣放的韵调便难以表达,换句话说,这首短歌给我们的生机勃勃的感受,只能来自那情景和韵调合为一体的整体。当然,相对不太重视听觉效果的形式——散文,肯定不会像短歌一样每每依赖语言的声音,但毋庸讳言,请看夏目先生之《哥儿》《我是猫》,那轻盈精妙的韵调,在很大程度上增加了作品妙笔生花的效果。因此必须说,即使散文也存在一个语言的意思和语言的声音融为一体的整体。我所说的内容,不外乎就是指这个"整体"。

当然,关于内容一直有各种各样的解释。实际情况是,某些人所谓的内容,若小说则是指整篇小说的

---

[1] 柿本人麻吕(约660—约724):日本飞鸟时代歌人,有"《万叶集》第一歌人"之誉。

故事梗概，若短歌则是指整首短歌的基本意思。再以柿本人麻吕的短歌为例来说，人们往往把这首短歌的内容单单理解为"听山谷清涧流水喧响，看弓月山顶云彩浮飏"。然而所谓内容指的是作品内在的整体，因此仅仅把它理解为梗概、大意是很滑稽的，如果说那就是内容，则一个人和一具僵尸也可以等而同之了。再者，某些人所谓的内容，是指作品——主要指散文——所包含的思想或者道德。譬如，他们认为《哥儿》的内容仅仅是说明"最恶莫过伪君子"。这与内容是作品的内在整体这种认识是不符的。即使酒精是从酒中提炼出的[1]，但没有人会说酒就是酒精，这是不争的事实。当然，个别饮酒者有时说大话，可能会说昨晚酒精发作，今早头还痛。这不过是玩笑话，没有必要较真——关于这个问题，相信另外还有各种各样的解释。总之，某些人通常所说的内容，并不是我所主张的内容，我说的内容即前面提到的，

---

[1] 原文有误，酒精不是从酒中提炼出的，酒以谷物作原料发酵酿造制成，酒精则通过化学合成制成。

是语言的意思和语言的声音合而为一的整体。

　　然而这样解释，还是会有人提出疑问："这样说来，内容是不是就等于文艺本身？"实际上，内容同文艺本身相差无几，但要说完全等同，却又并非如此。我在此再说一遍，那就是，文艺是将语言或文字作为表达手段的一种艺术。文艺总是由一些话语构成的，可以说，不存在只由单独一个词而构成的文艺作品。即使所有韵文中最短小的俳句，也包含了总计十七个音的若干个词语。这里，不容忽视的是用这些词语构成作品时的排列方式。譬如，"把书拿来"，如果胡乱排列说成"来书把拿"，听者肯定无法理解。不过，我所说的排列方式当然不是指这种简单的排列，而是指，究竟说"秋意深深暗思忖，隔壁邻居何事人"？还是说"秋色迟暮暗思忖，隔壁邻居是何人"？又或者说成"究竟是何人，相邻暗思忖，暮秋孤寂生，悲凉想邻人"？要考虑的是一种排列方式究竟"表达什么？如何表达？"即不是词是否达意的问题，而是词语的排列方式能否传达出作品生命的问题。对若干词语的排列方式不容忽视，则由更多词语组成的一句、一节、一章的排列方式，毫无疑问，同样不容忽视。也就是说，文艺作品，小到由十七个音节几个词语构成的俳句，大到由几千句、几百节、若干章数十万字构成的长篇小说，皆遵从着某种排列方式——或者说遵从着支配其作品的构成原则，凡是不服从这些原则的，任何内容都不能升华为文艺作品。单纯的内容——缺少此种构成原则的内容，最后只能是缺少桌子形状的桌子、没有椅子形状的椅子之类的东西，是怪模怪样的东西。换句话说，一件文艺作品一方面有内容，另一方面，必须同时有着给予其内容以某种形式的、某种构成的原则。相对于前面所说的内容，我称之为形式的东西，其实就是指这种构成的原则。

如上所述，内容是绝对需要形式的。同时，世上也没有不具内容的形式。缺少了形式的内容，无异于缺少桌子形状的桌子、没有椅子形状的椅子，同理，缺少了内容的形式，也同像桌子却不是桌子、像椅子却不是椅子的怪物毫无两样。如此说来，内容和形式两者其实是不可分割的，或者说，它们必须形成一种不即不离的相互依存关系。请再看前面已经多次举例的柿本人麻吕那首短歌，如果不是通过"涧峡河滩清水"等词语的这种排列，则酣纵的内容也根本不可能存在，若说存在，那内容同形式就只能是"是云是山、是吴是越"，成为极平淡的庸俗之作。

接下来我还将以油同水的关系来形容内容同形式的关系并展开论说。不过，这种论说只是一种权宜的手段，目的是便于说明问题。事实上必须明白，这两者是一种无论如何不可分割、被倒霉的因缘捆绑在一起的关系。

关于形式，有各种各样的解释。我在前一节"语言和文字"中谈论韵文和散文之间的差别时，说过比较重视听觉效果的形式和相对不太重视听觉效果的形式，也使用了"形式"这个词；另外，当人们说到短歌的五七五七七以及俳句的五七五排列方式时，也会使用"形式"一词。然而，在此意义上的"形式"是狭义的形式，和我们将炭火简称为火道理相同。炭火是火，自然没有问题，但广义的火，除了炭火之外，还包括灯火的火、火灾的火等等。广义的形式——

相对内容而言的形式——也如广义的火一样，指的是超越了狭义形式、存在于一切文艺的形式。与广义的形式相较而言，狭义的形式或许可以称之为一种规定。

尽管稍勉强，总算就内容与形式的问题进行了一番论说。此问题看似简单，其实非常麻烦，不过我自认为已经按照我个人的认识基本得以解决。下面将深入探讨一下内容。当然，展开内容论，或许所说的与里见弴[1]君之《小说内容论》相同，也或许不同，无论如何，这是《文艺讲座》的性质所决定的，无法避免，还望各位读者宽容为盼。

三 内容

前面说过，所谓内容就是由语言的意思和语言

---

[1] 里见弴（1888—1983）：日本小说家，本名山内英夫，著有《安城家的兄弟》《多情佛心》等。

的声音合而为一所形成的整体。譬如"涧峡河滩清水喧，弓月山上游云漤"这首短歌，其内容就是这首短歌带给我们的全部感受。因此，当我们考虑内容时，可以这样分成两层意思，其一是我们看到了"涧峡河滩清水喧，弓月山上游云漤"这样一种情景，其二是我们从这一情景中感受到的韵调或情绪。当然，不止短歌，俳句、小说、戏剧，所有文艺作品都可以这样进行划分。就以近松门左卫门《大经师昔历》来说，毫无疑问也可以分为两个方面：一是让我们认识到茂兵卫的悲剧生涯，二是让我们感受到这种生涯的悲哀——认知性的一面和情绪性的一面。因此可以说，文艺作品的内容首先是从具备这两个方面开始的。当然，这两个方面事实上或许不可能截然划分清楚，不过为方便起见，我想还是可以像上面一样将它们加以划分的。

前面说过"等边三角形的顶角的等分线可以等分底边"这句话不是文艺，因为它不具备激起我们情绪的那一方面。同理，某种情景——不只是情景，也可以是某种事实，总之是认知方面的，如果完全不构成认知性的语言，无论它如何诉诸情绪，也必须排除在文艺之外。譬如，只通过声音或色彩才能传达的情绪，当然就不在此范围内。近代文艺自从法国的象征主义以来，如表现主义、达达主义等，在把握此前文艺绝望了的情绪方面获得了极大成功，但还是这句话，只有将语言或文字作为表达手段的艺术才是文艺，如果无法突破这种限制，其情绪仍不属于文艺范畴的情绪。譬如康定斯基题为《即兴》的画作，只是各种色彩的组合，看不出究竟画了什么（如有插图就更容易理解了，但《文艺讲座》的经济状况确实不允许），这种画作所传达的情绪，想必任何达达主义的诗人都根本无法用语言表达出来。当然，如果有哪位自称做到了，那是他的自由，实际上至少我是对此抱有怀疑的。其实不必举康定斯基的例子，像道入[1]陶器，以及这个图（见下页）所传达的情绪，就应当排

---

1 乐吉兵卫（1599—1656）：又名乐吉左卫门，日本江户早期的陶工，"乐烧"（京都的软陶烧制世家所制陶器）第三代传人，出家后法名为道入。

除在文艺之外。

当我们被某个事物深深感动时，大多总是用"无法形容"来表达，其实这不只是我们，也是文艺自身发出的叹息。

前面说过，文艺内容应当包含认知和情绪两个方面。由于文艺种类的差别，这两个方面自然也会发生变化。首先，短歌、抒情诗（短歌也可归入抒情诗，但此处所说的抒情诗指短歌之外的抒情诗）等，是情绪占优的文艺，同时也是最接近音乐那种纯情绪性艺术的文艺。魏尔伦[1]在著名的《诗的艺术》中说过："最最要紧的是表现出音乐性。"这当然因为是抒情诗才可以这样要求，然而此种要求短歌未必能够响

---

1 魏尔伦（1844—1896）：法国诗人，著有《诗的艺术》《智慧集》《平行集》等。

应。此外，小说、戏剧等属于认知占优的文艺，同时也是最接近哲学那种专事认知科学的文艺。既然举了魏尔伦的例子，不妨再举一个西洋人的例子，易卜生这位挪威戏剧家甚至倡导问题剧，当然因为是戏剧以及小说，才可以这样倡导。即使柿本人麻吕肯定也创作不出问题短歌之类，如果勉强吟出，也只能成为如歌谣一般的和歌。如果我们将小说、戏剧等排列于文艺右首，短歌、抒情诗等排列于文艺左首，则其他种类的文艺显然处于这两者的中间。就这一点不必一一举例，请原谅。总之，中间状态的文艺也多种多样这是无疑的。文艺的内容宛如一片地面，它上以道入陶器所传达的情绪为界，下以"等边三角形的顶角的等分线可以等分底边"的认知为界。然而，即使同在这片地面之上，一部部发芽、开花的作品其内容毫不夸张地说也千差万别。在古代，希腊人将文艺女神限定为九人——且其中还包括司管天文和历史的女神，倘若现代的我们要设立文艺女神，绝对不止九人或十人，还需俳句女神、问题剧女神、心理描写女神、私小说女神、达达主义女神……总之，需要许许多多的女神。

文艺内容的复杂性如前所述。考察一下文艺的某个种类,譬如小说,也会有基本相同的发现。诚然,小说和戏剧等属于文艺的极右派,即认知占优的文艺,但也会在认知因素的多少——或者反过来说,在情绪因素的浓淡上——有着无数的差异。譬如菊池宽君的小说,认知方面的因素非常多,《忠直卿行状记》也好,《恩仇的彼方》也好,皆有哲学味道。佐藤春夫君的小说虽缺少此类因素,却在情绪方面非常丰富,无论《寂绝》或《阿绢和她的兄弟》,大抵都可视为以散文形式所写的抒情诗。如果将它们中的一方称为真文艺,另一方称为假文艺,肯定行不通,或许会有人硬说可以,但我认为不可以。我以为任何一方都有存在的权利。因为正如前面所说,文艺上以道入陶器所传达的情绪为界,下以"等边三角形的顶角的等分线可以等分底边"所传达的认知为界,可以包容形形色色的内容。

倘若再说得清楚些,就须重新回到前面所说的定义——用"定义"这个词未免夸张,但总之,有必要回到类似定义性质的原点上:文艺是使用语言或文字作为表达手段的一种艺术。此外,语言一具有意思,二有声音。声音在此暂且不说,语言只要具有意思,就绝对无法脱离认知的因素。音乐用作表达手段的声音以及绘画用作表达手段的色彩,缺少认知因素也可以成立(当然,如果绘画作品中画有人、马或者树木等,只要能看得出是人、马或者树木,也就包含了认知因素)。然而语言的特别之处在于,说到"山",不论从"山"的形象中感受到何种情绪,总之有"山"这样一种形象能使人认知。诚然,"噢""啊"一类感叹词或许只能传达某种情绪,但即使能传达情绪,单单用几个"噢"或"啊"仍创作不出俳句。即使如"松岛啊!松岛,松岛"或者"啊嗬,好一座樱花吉野山"之类俳句,也有"松岛"和"樱花吉野山"这些可具体认知的词语(不过二者都是俗语)。文艺以语言为表达手段,因此无论如何都离不开认知的因素。不,倒是可以反过来说:文艺较之其他任何一种艺术,正是以其认知因素丰富为特色。如果将绘画和音乐喻作金和银,则文艺可以是铁。铁比金和银更坚硬，我们的祖先正是利用铁的这种特性制造出剑和矛，他们也利用文艺的特色——认知因素丰富这一特色，过去创作出叙事诗，现在创作出小说。小说中因认知因素多少而产生各种各样的差异，也只能认为是理所当然的。钢铁和锻铁尽管有差别，但在同为铁这一点上并无二致。如果有人对锻铁说，你太软不配称作铁，想必锻铁也会感到为难。既然具备了铁的特性，那么不管是钢铁还是锻铁，都应以铁来同等对待。喜欢什么样的文艺，当然是诸位的自由，但若说走样就不行——譬如说不是抒情诗就不是文艺，不是自然主义的小说就不是文艺等，肯定是有问题的，若还进一步试图在文艺上画地自限，则更是问题中的问题。

此外，认知和情绪这两方面因素不止给文艺带来横向的特色，也带来了纵向的特色——就是说，由于时代不同，有时认知因素多一些，有时情绪因素多一些，从而形成某个时代的某种特色。19世纪前叶兴起的浪漫主义文艺，就是情绪因素居多——毋宁说太多了。作为此种现象的反动，世纪末（所谓世纪末，一般指 19 世纪末期）兴起的自然主义文艺运动则以认知因素居多，这一点无须赘言了，前面提到的挪威剧作家易卜生及英国剧作家萧伯纳等，皆是其中的领军人物。萧伯纳在《易卜生主义的真髓》一书中说过："在戏剧中加入议论，是新时代剧作家的特色。"不止如此，他还在自己的剧作卷首附了长长一篇论文。据他自己说，"自古以来普遍认为，艺术家不可以对自己所描写的东西加以说明，如果这样做了，就同画了一幅鸡之后注明'这是一只鸡'一样愚蠢。可是，根本就没有'因为说明了所以才愚蠢'的道理。在大学的画展上，有哪一位画家不是在自己的画作下方标以'风景'或'少女肖像'的？"当然，萧伯纳这番议论即使能证明给画作加注并非愚蠢之举，却难以成为给戏剧加上一篇论文的辩护——这是题外话了。此外，各个时代文艺的衍变，并不一定是单纯依据认知因素的多少或情绪因素的浓淡来衡量，还有其他各色各样的看法，若不参照其他各色各样的看法，许多问题理所当然地会无法说清。

　　文艺可以有形形色色的内容——换句话说，各式各样的文艺都有其存在的理由,这一点已经如上所述。在转入下面的问题之前,我想稍稍谈一谈通俗小说的问题。浪漫主义文艺很好,自然主义文艺也不错,于是可能有人会问:"通俗小说也好吗?"——或许没有人这样问,但我们姑且假设有。西洋也有通俗小说。英国小说家本涅特[1]虽然给自己的小说起了个好听的名字"幻想小说",却是通俗小说无疑。若说通俗小说与一般小说有多大的差别——只需将报纸上的插图小说都界定为通俗小说,问题就迎刃而解了。然而再稍加深入思考一下,便会发现其区别其实并不那么明显。与其空谈道理,我们还是来看一看事实。法国小说家雨果之《悲惨世界》,假设将它改编成日本报纸上的插图连载小说,它会不会成为一部通俗小说?如果答曰"不会",那就无话可说了,但黑岩泪香[2]却将其编译成了小说《啊,无情!》,博得了

---

1 本涅特(1867—1931):英国小说家,著有《老妇谭》《克莱亨厄》等。
2 黑岩泪香(1862—1920):日本小说家、翻译家,本名周六,译著有《法庭美人》《铁面人》等。

世人喝彩；最近，久米正雄又将其重新编译成《如此悲惨》，好像同样大受欢迎。因此必须说，《悲惨世界》作为通俗小说也可以大获成功。这个例子告诉我们，通俗小说和一般的小说没有太大差别。若说它和一般的小说有所差别，则差别与其说在于"是不是文艺"，莫如说在于文艺价值"多还是少"——也就是说，不是质的问题而只是量的问题。此外，即使从量的角度看，似乎也很难断定以通俗小说形式写成的作品就一定文艺价值低下。说到通俗，近松的"净琉璃"[1]、西鹤的"浮世草纸"[2]也曾经是17世纪的通俗戏剧和通俗小说。此外，原准备在这一章中谈谈童话故事和无义诗，但已近《文艺讲座》篇幅之极，故留待日后再谈。

---

1 净琉璃：日本的一种说唱表演艺术及其故事脚本的统称，据传始于室町时代。
2 浮世草纸：日本元禄、江户时代的一种通俗文艺形式，"浮世"意为市井世情，"草纸"是插图绘本类的书物。

余论

前面说了内容论方面的问题。不过还想说点什么——是还有问题可以说一说。然而一者《文艺讲座》篇幅无多,再者恐有冗沓讨厌之嫌,故就此打住。幸好还可再少许说一点,故在此试着将以上所说代入实际看看。所谓以上所说,主要是指内容论方面。

代入实际中的什么问题好?选择起来颇为难,不妨先来看看技巧的问题。技巧在文坛名声不太好,不过依我看来,似乎一开始就先入为主为技巧定义了一个不好的意思,然后一而再再而三说它不好、不成体统什么的。这就好比说"甲野乙吉是个坏人。这人真不行。"如果能把甲野乙吉为什么是个坏人的道理说清楚,则另当别论。问题是,在理由不明、定义模糊的情境下先将甲野乙吉定为坏人然后说他真不行,甲野乙吉必定蒙受不白之冤。技巧不会喊冤也就罢了,然而一向被视作精于技巧的作家——譬如里见弴等,想必会无辜受扰。技巧究竟是什么?只要不是一开始就先存"雕虫小技""狗续金貂"之类不好的偏见,则只能认为它是表达内容的某种手段。所谓内容,前面已经反复说过,它既不是一篇文章所显现的思想,也不是贯穿全篇的故事情节,而是指包含这些全部在内的一个整体,并且这个整体同形式是一种不即不离相互依存的关系。所谓技巧,就是用来表达内容的手段——即给予内容某种形式的一种手段,因此对其嗤之以鼻绝对是错的。据闻,托尔斯泰听到有人读普希金的短篇小说时说了一句:"对!短篇小说就要这样,从一开始就抓住读者。"——眼下我正在旅途中,身边未带参考书,不过他确实说过与此意思差不多的话。这种"抓住读者"的窍门或诀窍就是技巧。依我看来,《安娜·卡列尼娜》第一章(当然,《安娜·卡列尼娜》是部长篇巨作)就是托尔斯泰上面这句话的真实体现。

再来看看与技巧关系较远、文艺作品所具有的思想问题。这一点也动辄遭到文坛不恰当的非难。如果有的作品显露出"人性本善"思想,就会被指责说孟子早有这样的思想、这种作品真无聊等。然而，不应当将某件作品所具有的某种思想的哲学价值同作品自身的文艺价值画等号。倘若单单考虑某件作品所具有的某种思想的哲学价值，那么歌德、莎士比亚等等，其作品的光彩恐怕都将大打折扣。确实，萧伯纳好像曾对莎士比亚的思想投以不屑的一笑，却没有人对诗人莎士比亚投去不屑的一笑。前面说过，内容有认知因素和情绪因素两方面，所谓某件作品具有的思想，就是这种认知因素的进化物。因此必须说，作品的哲学价值也和其余认知因素一样，决定作品的文艺价值。然而，即使某件作品的认知因素十分庸浅，其文艺价值却未必会连同也变得庸浅。譬如，诸位或许还记得近松门左卫门净琉璃剧作《枪圣权三重帷子》中有这样的台词：“笹野权三是个好男儿，英俊潇洒是个美男子，有情有义有真心。”这段话的认知因素可说淡而无味，十分贫乏，翻来覆去意思无非就是说"笹野权三是个好男人"，然而并未看见有人站出来骂道："什么好男儿好男儿！统统是废话！"其他的作品若论思想性，与此也差不了多少。诚然，倘若一件作品含有前人不曾阐述过的新思想，这件作品一定能震撼世界，可文艺上的问题在于，最重要的不是什么思想，而是怎样表达一种思想，即作为一个文艺的整体能够产生什么样的感受。易卜生写于上世纪末（19世纪）的《玩偶之家》，除戏剧上的成功之外，也因为它有新颖的思想，因此令世人为之眼前一亮，而随着其思想新鲜度的消逝，作为过去褒奖过度的反动，如今似乎又有些贬低过度，至少可以肯定地说，在日本文坛确有此种倾向。然而，既然娜拉的悲剧之中燔燃有新思想之火，《玩偶之家》的艺术价值理所应当可以在世界文艺的天空占有一个星座——不，或许已经占有也未可知。所谓某作品可以成为经典，或者拥有经典的价值，就是指占有一个星座——即作品独有的文艺价值得到了公认。

这里顺便用前面所说的内容，来对照一下昨天曾经流行、明天也可能继续流行的无产阶级文艺。诚然，在什么是无产阶级文艺这个问题上尚有各种各样讨论之余地，不过为方便见起，如果将通常所称的无产阶级文艺看作是具有无产阶级思想的文艺，仅仅凭借这种思想能否成为经济学上的问题姑且不论,还是很难成为文艺上的问题。实际上,仅凭这一点,任何一个国家从来都没有将其看作文艺上的问题,若说有也只有在日本。如果因为作品中缺少无产阶级思想就指责它无聊,未免离谱。况且文艺的内容,上以道入陶器所传达的情绪为界,下以"等边三角形的顶角的等分线可以等分底边"所传达的认知为界,是一块广阔无垠的地面。因此,肯定有不少文艺作品其中不要说无产阶级思想,恐怕连带有一点思想特征的东西都看不到,抒情诗就是一个例子。我以为天下所有的抒情诗人,即使是站在工农政府的红旗下,也会发出同苏格拉底漫步阿克洛波里斯时相差无几的咏叹来。但这毫无问题,抒情诗的性质决定它应当如此。要求这样的抒情诗也要具有无产阶级思想,同命令蝴蝶把牛排吃下去有何两样。道理说起来大家都明白,然而当昨日无产阶级文艺流行时,甚至出现了所谓的无产阶级俳句,也就是说,出现了主动要吃牛排的蝴蝶。

像这样将有关论说用到实际中,应该还有许多废话可说。不过，接下去就交由诸位自由运用了。此外，本文中遗留的问题留待今后《文艺讲座》更新的时候再讲，我的《文艺一般论》就到此结束。

文艺欣赏讲座

要欣赏文艺作品,必须首先具备文艺素养。缺乏文艺素养者,无论接触什么样的杰作、师从什么样的良师,结果也只能是个"欣赏盲"。文艺和美术有所不同,酷爱书画和古董的富豪中颇多"欣赏盲"的例子,这是众所周知的事实。然而有无文艺素养也要视程度而区别定性,不像判定桌子或椅子那样简单。譬如我自己,若同歌德或莎士比亚等文豪相比,可谓文艺素养极其贫乏,甚或跟一些不入流的作家相比也大大不如，可是，若和野田大块[1]先生等比较，则文艺素养至少俳谐的素养肯定要高得多。这一点，诸位也是一样。因此，对文艺感兴趣的人，自认为具有文艺素养并陶醉其中也没有关系。至少，自我陶醉的人肯定是幸福的。

然而，只要具有文艺素养就能很容易地欣赏文艺作品了？当然不是。如同创作，欣赏也需要经过相当的训练才行。邓南遮十五岁出版诗集，池大雅五岁就会运笔写字，自古英才在创作上都显示出超人的天质，不过这些都是被称为天才的怪物，我等凡人无需在意。况且，与其说他们早熟没有经过训练，莫如说是在令人惊讶的短时间内，令人惊讶地接受了刻苦的训练才更切当。因此，我们凡人就应当加倍经受刻苦训练。不，不止我们凡人，任何一个天才，只要胸怀超越天才的大志，都应当经受加倍的刻苦训练。其实，诸位不妨读一读关于天才的传记——譬如森鸥

---

[1] 野田大块（1853—1927）：日本的政治家、实业家，本名卯太郎，大块是其号，曾担任众议员及内阁通信大臣、商工大臣。

外先生的《高德传》(想必无须赘言,森先生经常将"歌德"写成"高德")。我们几乎可以说,所谓天才,就是有任何时候都不让经受训练的机会白白溜走的才能。

经受训练的结果,可以不断加深欣赏的深度,欣赏的广度也得以拓宽。而这究竟有什么样的作用?不消说,加深和拓宽意味着我们的人生也在不断丰富。人生如同以生命支付的咖啡馆,在其中品赏各种各样的滋味,是人生最大的幸福。此外,随着欣赏的深度加深、广度拓宽,无疑也会给创作带来极大的益处。艺术本来——不,与其空发议论,或许举出实例来更有助于理解。这是有关罗丹的一则趣事。罗丹在佛罗伦萨参观米开朗琪罗的雕塑作品时,他看到了一件非同寻常、被称为"未完成的完成品"、米开朗琪罗晚年创作的作品。当然,所谓"未完成"这个说法并未得到过米开朗琪罗本人确认。这件雕塑作品只是在大理石上模模糊糊地浮现出人的姿影,若大致形容,仿佛是早在开天辟地以前的远古就沉睡于石头中、由历不明的人,此刻刚刚睁开眼睛。看到这件作品,罗丹被其"未完成"——莫如说被它的旷远、蕴意无穷的美而震撼，那之后，罗丹陆续创作出了多件粗粝的大理石与细腻的半人形象融合在一起的雕塑作品——譬如《诗人与缪斯》。因此可以说，罗丹成长的关键一步是他观赏了米开朗琪罗"未完成的完成品"。然而，观赏过这件作品的并不只罗丹一人，数百年来，无数男女出入过陈列这件作品的佛罗伦萨博物馆，却没有人像罗丹一样从中发现了伟大的美。如此看来，我们不能不将罗丹成长的关键一步归结为他对这件空前的作品所具有的美的欣赏。这是理所当然适用于任何一个艺术家的真理。当然，能够欣赏美未必就能创造美，但不会欣赏美的人是绝对创造不出美的。因此之故，自古以来的英才在艺术欣赏上总是不厌其烦地经受刻苦的训练，不只是文艺作品的欣赏，还常常经受美术、音乐等的欣赏训练，并将从中敏锐捕捉到的灵感运用于文艺创作。歌德的一生，就足以体现出此种对于艺术的永不满足。欣赏的深度加深和广度拓宽可以给创作带来很大的益处应该是无须赘言的了，然而观察一下那些有志于创作——至少自称有志于此——的青年诸君的学习态度，会发现他们虽乐于同稿纸亲密打交道，却不喜书本阅读。如此，岂止发现不了米开朗琪罗的所谓未完成作品的美，简直和白白从佛罗伦萨博物馆前走一遭毫无二致。我向来对此种倾向甚觉遗憾，因此尽管有冗复之嫌，还是顺便强调了一下欣赏训练对于创作的重要性。

欣赏训练的必要性——若依有利于我的解释来说就是本讲座的必要性，前面已说过，为助臂一下此种欣赏训练我再多说几句。大致说三点：第一，怎样欣赏？第二，欣赏什么样的艺术？第三，欣赏时应当参考什么样的评介？或许这三点并没有包括所有对文艺欣赏训练的助言，然而我以为它已经包括了所有较重要的问题。让我们进入第一个问题：怎样欣赏？在正式论说之前，我想提请诸位注意的是，欣赏的情境。盲人不会参与绘画欣赏，聋人也不会参与音乐欣赏，同理，文艺欣赏的第一步须从识文解意开始。如果有人既想欣赏文艺又读不懂文章，就请赶快补上识字断文这一课——听起来像是废话，然而这听起来像废话的事情也并非人人真正领会。其证据便是，歌人若使用万叶时代的词语创作，便会招致"怎么用这种生涩的古语，真岂有此理！"的非难。然而，歌人并不知道你不懂古语，对歌人而言，不管古语或新语，他所使用的都只是承托自己生命感悟的词语而已。也可以说，若不使用这类词语，便无法准确表达其情绪。如果有人觉得古语生涩，在非难歌人之前应当先读一读导读或解读，了解古语，打好自身的古语基础，无端责难歌人，既不合情理又滑稽可笑，倘若允许这种滑稽事存在，那么不识英语的人也可以跳出来非难莎士比亚了："为什么用英语写哈姆雷特？"然而事实上，没有人指责莎士比亚使用英语，却有人指责歌人使用古语，这显然是无视了文艺欣赏须从识文解意开始这一原则的实例。由此看来，即使听起来像是废话，但仍有必要在进入正题之前充分领会这一原则。

顺便提醒一句，所谓能阅读文字、能理解文章意思，不可同能阅读并理解政府公报等同理解。我在本文开头即说过，缺乏文艺素养的人，无论接触什么样的杰作、师从什么样的良师，结果也只能是个"欣赏盲"。所谓"欣赏盲",是指阅读赤人[1]或人麻吕的长歌时感受不到其同银行公司章程之间差别的人。我所说的"理解",并不是将樱花仅仅理解为一种花木,而是与此同时,能油然而生出某种感受——用带有哲学味道的话说,就是在认知性理解的同时还需情绪性理解。

当然,这种感受是好感抑或恶感倒没有关系,总之,阅读的时候必须伴有某种情绪。如果有意文艺欣赏却对樱花除了它是一种花木之外毫无其他感受,对这样的人我只能说对不起了,这种人与文艺欣赏彻底无缘,请打消这个念头。这是较读不懂文章更加无计可施因而也更加致命的缺陷。事实上,一些识字解文的文科大学教授,他们往往——甚至可以说是经常,在欣赏方面较识字较少的大学生更像一个睁眼瞎。

怎样欣赏文艺作品,当然是个很重要的问题。我的主张是,首先应当真诚地面对作品。不要预存定见,这个作品是这一类的,那个作品是那一类的,更

---

[1] 山部赤人:日本奈良时代歌人,"三十六歌仙"之一。

不要被评论家零碎片面的评介所束缚。总之，必须老老实实地接受作品给予我们的各种认知及情绪信息。当然，或许有人会问："虽没有读过这部作品，但读过其他两三部作品，应当怎样对待这类作家的作品？"这也一样。即使同一作家，也不意味着他不会创作与之前截然不同的作品。事实上，斯特林堡自然主义时期的作品同后来的作品风格迥异。请试比较一下《朱莉小姐》和《到大马士革去》，即显现出残酷的现实主义同梦幻般的象征主义的巨大差异。如果带有任何一方的既有印象去阅读他的其他作品，肯定会失望——即使不失望，或多或少也会导致欣赏的困惑。当然，不带任何精神准备是任何人都做不到的，对任何一件作品，人们都会从作家的秉性、作家的流派、书籍的装订或插图之类中得到某种暗示。我的主张是，不必排斥，不过希望尽量将其影响最小化。下面这个趣闻不是关于文艺而是关于绘画的。曾为《莎乐美》绘过插图的青年画者比亚兹莱[1]，某次将自己的作品拿给人看，观者之中恰有创作过名画《卡莱尔的肖像》的惠斯勒[2]。惠斯勒对比亚兹莱的作品并无好感，其时态度冷淡、兴致寡浅，然而当他一幅幅看着却越来越激动，终于连声赞佩道："美！太美了！"听到前辈赞赏，比亚兹莱不由双手掩面，喜极而泣。万幸的是，比亚兹莱的作品打破了惠斯勒的原有成见，可万一惠斯勒固执己见，则不只是比亚兹莱的不幸，同时也是惠斯勒的不幸。我读到这个故事时便想，当时的比亚兹莱想必是高兴的，同时惠斯勒肯定也是高兴的。我所说的预存定见并无他意，因个别评论家零碎片面的评价很容易形成某种先入之见，其结果往往会错过一些优秀作品。

然而，当真诚面对作品时，有时也难免发生即使

---

1 比亚兹莱（1872—1898）：英国插画艺术家，曾为王尔德的戏剧《莎乐美》创作插图。
2 惠斯勒（1834—1903）：美国画家、蚀刻家，其代表作《卡莱尔的肖像》全称是《灰色与黑色的改编曲2号：托马斯·卡莱尔》，又称《母亲的肖像》。

作品驰誉世界我们却毫无感触的情况。此时应当怎么办？请不要强迫自己感动，可以暂时放下先不去读它。其实，无论多么优秀的作品，理所当然都会受到读者年龄、境遇或素养等各种制约，因此不可能任何人都能读懂，这毫不奇怪。尽管读不懂也没什么可自豪的，但较之自欺欺人、装作读懂并感动的人，完全不必自惭形秽。不过，一度没有读懂的作品，应当尽量再回头去读一读，在此过程中会自然而然地豁然顿悟。古时禅家将此种顿悟喻作"啐啄之机"，也就是比喻成鸡蛋的孵化，蛋壳内的鸡雏和外面的母鸡必须同时使劲将蛋壳啄破，雏鸡才能顺利孵出。理解文艺作品与此也是同样的道理。只要进入到某种心境，就会如破竹一般突破欣赏上的难关。那么，通过什么途径才能培养那种心境？这个问题，一半是后面将要谈到的问题，即欣赏什么样的文艺作品，及欣赏时应当参考什么样的评价；另一半则在于个人修炼，或者更通俗地说，如何才能成为一个优秀的人。做一个文艺青年是不行的，做个当代才子也不行，自视为才子更是不行，概而言之，应当成为一个识悟人情深微、真正成熟的人。这样说，或许有读者会报以一哂："听起来好像什么大事业"。正是如此，文艺欣赏确实称得上是人生的一大事业。

所谓真诚地面对作品，是面对一件作品时应有的心态。从心灵被作品打动这个角度来说，必须尽可能全神贯注于阅读上。如果是小说，则故事情节的发展、人物的描写等不消说，甚至每一行文字的遣词造句都应当仔细揣摩。这一点，我以为对有志于自己从事创作的青年诸君来说尤其必要。请仔细阅读那些古今被奉为名著的经典作品，激发读者阅读感触的源头可谓无处不在。托尔斯泰《战争与和平》是一部冠绝古今的长篇巨著，然而那令人称奇的感触绝非脱离细节之处的描写而产生的。请看涉及罗斯托夫伯爵家的德意志人家庭教师的描写（第一卷第十八章），这个德意志人家庭教师并不是小说的主要人物，甚至可以说是个可有可无的龙套，然而托尔斯泰在描写伯爵家晚宴的寥寥数行文字中，却让这个德意志人的性格跃然纸上：

德意志人家庭教师努力一个不落地记住食物、餐后甜点、酒的种类,以便日后细致周到地写信告诉故乡的家人。所以当仆人捧着餐巾裹住的酒瓶停也不停地走过时,他就愤懑地攒起了眉头,可是又故意装出一副"谁稀罕这种酒"的样子来。他之所以希望得到酒,并不是因为特别想喝,也不是因为根性贪婪,只因他有着颇为高雅的好奇心。不幸的是,竟没有得到任何一个人的认可——想到这里,他难过起来。

虽然译文不怎么样,但我想大概意思还是表达出来了。正如前面所说,倘若没有这些细微之处的完美,也不可能诞生《战争与和平》皇皇十七卷的美感——那真切而宏大的美感。这是从创作角度而言,而从欣赏角度来说,倘若感受不到这种细节之处的美,也就根本无法感受到整部作品真切而宏大的美,结果只能产生一种朦朦胧胧的感受。这种全神贯注地阅读和细心揣摩,只要不脱离通篇大局,读得越仔细越好。不是在俄国土生土长的我们,不可能将托尔斯泰文章的细枝末节全部通懂，这是身不由己的命运，但我们要有外国人能读破我们也能读破的自信。中国人自古即有"一字之师"之说，诗中哪怕只是一字欠妥，也可能影响到通篇神韵的传达，因此将能把其字吟安改定的人尊为"一字之师"。唐代诗人任翻游五台山巾子峰，在寺庙壁上题写了一首诗："绝顶新秋生夜凉，鹤翻松露滴衣裳。前峰月照一江水，僧在翠微开竹房。"离开巾子峰走出几十里后，任翻忽然悟到，"半江水"较"一江水"更佳，于是马上不辞辛苦返回巾子峰，见已有人将墙上的"一江水"改成了"半江水"。任翻凝视着被改之作，不由长叹一声道："台州有人。"如果说一首诗的生死系于一字，那么"一字之师"更应称为"一篇之师"。转回到文艺欣赏来说，知一字的同时也就是知一篇——也可以调换过来说，想要了解一篇的意思就必须了解每一个字的意思。为说明为什么每一行文字都不可等闲视之的道理，在此引夏目漱石先生的例子来看一看：

打开木栅门来到外面，看到碗口大的马蹄印

坑里已经积满了雨水。

　　风撞在高大的建筑上，无法任意直穿过去，打了个闪电似的折回来，从头顶上方斜着向石板路刮下来。我一边走，一边用右手按着戴在头上的礼帽。

这两段文字都是只用寥寥数语就交代清楚了一个事件背景，显示出老到的笔力。前者的马蹄印坑令雨中的乡间小道顿时浮现于读者眼前，后者闪电形的大风则令都市的街道浮现于眼前。当然，作品中随处可见这样例子的不只是夏目先生，古今名著都具有这样的妙处。捕捉不到这种妙处，却期望完美无损地欣赏文艺作品——尤其还期望对自己的创作有所裨益，可以断言是绝不可能的。

　　如前所说，关注细微之处应当建立在不脱离通篇大局的基础之上。倘若将把关注细微之处形容为"心的鼓动方式"，则把握通篇大意可以形容为"心的抑制方式"，或者，也可以将两者区分为前者是说"怎么写"后者是说"写什么"这两个问题。下回就说说"写什么"的问题。

上回写到要说说"写什么"的问题，然而《文艺讲座》临近煞尾，这个问题只好留待日后再说。其实，关于这个问题前面已有谈及，同我在《文艺一般论》中所说"内容"一节也多有相通，因此也不必待下回专门论说。不过，倘若简单扼要地说一说实际应用中的注意之处，我想说各种素养对于把握"作品写了什么"虽然十分必要，但首先应当牢记的是，试着将作品中的人物事件放到自己身上——也就是代入其中身临其境地感受一番。欣赏小说、戏剧自不必说，即使欣赏抒情诗此法也很有助益。阿纳托尔·法朗士说过："我写的是我自己。读者在读它的时候，希望能够想一想你自己。"这确实是个极好的忠告。譬如，想知道易卜生在《玩偶之家》中写了什么，就请想一想自己的夫妇生活或者父母的夫妇生活，无疑能更好地理解娜拉的悲剧，或者会发现你的左邻右舍正在发生娜拉式的悲剧。即使只为欣赏文艺作品，归根到底也还是要回到自身。事实上，究察一下我们的欣赏能力会发现，这种能力的高低同我们建立在文艺素养基础上的自我目标设定成正比，做一个文艺青年不行，做个当代才子也不行，自视为才子更要不得——不知不觉我又在重复前面说过的话。

欣赏什么样的文艺作品才好？我以为，只能限于古今的杰作。借用古董铺的秘籍，要练就一双鉴别真伪的火眼金睛，必须坚持只看真品，即使出于参考而看赝品，看多了也反而会在鉴别时看走眼。欣赏文艺作品也同理，经常阅读优秀的作品，当接触其他作品时就不会对其优劣缺少感觉。对照一下日常的生活经验，就会立即明白这个道理，对粪尿的恶臭习以为常的人理所当然是不懂得玫瑰芬芳的。因此必须指出，一味阅读报纸杂志上的文艺作品，对于培养欣赏能力而言最害无益。此外，我以为这一提醒不仅有助于鉴赏能力的养成，对提高自己的创作信心也很有好处。据说，元代四大家之一的倪瓒先生于清竹和梧桐林中建造了一座清闷阁，经常在此欣赏古人的名诗名画。当然，要建造亭阁谁都得依自己的银行存折量力而行，不过同古今优秀的文艺作品亲近却是必须的。

笼统而言是古今杰作,但并非说非要去读古代的优秀作品,既获益良多又容易接触到的,就是新时代的文艺经典。以西洋小说为例——西洋小说也数量繁多,若以对近代日本影响最大的俄国小说为例,不管怎么说,托尔斯泰、陀思妥耶夫斯基、屠格涅夫、契诃夫等人的作品应读一读。那种一味追逐时髦的事,交给新闻记者和三越和服店去做就够了。要细心品味伟大前人们苦心孤诣的结晶。不必担心会落伍时代,反倒是那些不足挂齿的时新作品很快就会落伍。再举一个绘画的例子。最近刚刚去世的印象派大师雷诺阿[1]说过:"我们并没有做什么新鲜事,不过在步前辈大师的后尘,只是社会把这大肆张扬成了新鲜的事情。"希望不只是欣赏者,有志于文艺创作的青年诸君更应当有这种意识。倘若有人见诸君读《万叶集》、读芭蕉诗而嘲笑你们落伍,就说芥川龙之介这样说的——对此可能都不会在乎,就请给他有力的一击,

---

[1] 皮埃尔·奥古斯特·雷诺阿(1841—1919):法国画家、版画家、雕塑家,代表作有《煎饼磨坊的舞会》《游船上的午餐》等。

就说是雷诺阿说的。想到这或许会有用，因此我才举出雷诺阿的例子。

欣赏文艺作品时参考什么样的评介？我的信条是，较之评论家，毋宁说作家自己写的文艺评论更加有益。这样说，绝不是在为自己的《文艺欣赏讲座》做广告，而是因为作家所写的东西中会有很多唯有作家才能领会的微妙，同时也可以看作作家的创作苦心谈。关于这一点，如果说古时的东西很难读进去，则可以从新时代的经典作家的评介中获得许多启发。若是和歌，可读正冈子规《与歌人书》、斋藤茂吉[1]《童马漫语》、岛木赤彦[2]《歌道小见》等。这些书籍不仅对于和歌，对于一般的文艺欣赏也不无助益。此外，一流作家所写关于文艺以外其他艺术的评介或苦心谈也不可轻视，同样，若对古旧的论述知难而退，不妨

1　斋藤茂吉（1882—1953）：日本歌人、和歌研究及评论家，著有歌集《赤光》《新玉》等及歌论《童马漫语》。
2　岛木赤彦（1876—1926）：日本歌人，本名久保田俊彦，与斋藤茂吉同为"兰派"和歌的核心人物，著有歌集《太虚集》《柹荫集》等及歌论《歌道小见》。

读读罗丹、塞尚、雷诺阿的语录之类。以下所举是清代画家沈芥舟[1]《芥舟学画编》中的几段。此书历来在南画家中广为传读,即使当代,也未必不再通用。不,毋宁说其中所说对于当代也相当中肯。

且华之用为巧,巧而纤,则日远于大方。巧而奇,必轻视乎正格。无大方而非正格,虽极其美丽,足以惊众而骇俗,实即米老所谓但可悬之酒肆,岂是士大夫陶写性情之事哉。

若直而无致,板而不灵,又是病矣。故欲存质者,先须理径明透,识量宏远,加之以学力,参之以见闻,自然意趣近古,波澜老成。

若夫通人才士,寄情托兴,非不雅趣有余,而不能必其出入于规矩,动而辙合,是谓雅而未

---

[1] 沈宗骞(1736—1820):中国清代画家,字熙远,芥舟是其号,代表作有《汉宫春晓》《万竿烟雨》等。

正。至若师门授受，胶固已深，既自是而人非，复少见而多怪。欲非之，而未尝乖乎绳尺；欲是之；而未见越乎寻常，是谓正而未雅。夫雅而未正犹可也，若正而未雅，其去俗也几何哉。

本来《文艺欣赏讲座》这类东西可以说的还有很多，然而开头列出的三个问题都已经说完，因此姑且到此打住。可说打住，又似还未擦干身体便出浴一样，总像少些什么。不过考虑到《文艺讲座》系列即将出讫，这也是万不得已。这一点，还望多多见谅。

谷崎润一郎 | 1886—1965

文艺的，过于文艺的

一 没有像样"故事"的小说

我不认为没有像样"故事"的小说是最好的小说。因此，我不会叫人只写没有像样"故事"的小说。首先一点，我的小说大抵都是有"故事"的。没有画稿，绘不出图画来。同样，小说也须立足于"故事"之上（我所说的"故事"并非单纯指"物语"）。严格说，倘若根本没有"故事"，任何小说都写不成的吧。所以理所当然的，我对有"故事"的小说表示敬意。既然自《达夫尼与克洛伊》以来，所有小说或叙事诗都是建立在"故事"之上的，谁又能对有

"故事"的小说不报以敬意?《包法利夫人》有"故事",《战争与和平》也有"故事",《红与黑》也有"故事"……

然而,决定小说价值的绝非"故事"的长短,更不用说,离奇与否也不在评价范畴之内(正如众所周知的,谷崎润一郎有多篇小说均立足于离奇的"故事",这些立足于离奇"故事"之上的作品中有几篇或许会流传至百代之后,然而其作品生命却并非取决于"故事"的离奇与否),进一步探究的话,甚至可以说,"故事"的有无与此问题也毫无关系。正如前面所说,我不认为没有"故事"的小说——或者说没有像样"故事"的小说是最好的小说,不过,这样的小说也是可以存在的。

没有像样"故事"的小说当然并非指一味描写身边琐事的作品,它是所有小说中最接近诗的小说,但较之被称为散文诗的文艺作品它又更接近小说。容我第三次重复一下我的观点,我不认为这种没有"故事"的小说才是最好的。然而,倘若从"纯粹性"——没有那种通俗趣味——这一点来看,它却是最纯粹的小说。再引一次绘画的例子说，没有画稿，绘不出图画来（康定斯基题为《即兴》等的几幅画作是例外）。然而，画作却较画稿色彩更加浓烈而蕴含了生命。所幸，传到日本的几幅塞尚的画作显然已证明了这一事实。我更喜爱这种近似画作的小说。

这样的小说是否存在？德意志早期的自然主义作家已经有所尝试，然而至更近代，（以我之有限见闻）这样的小说家似乎只有儒勒·列那尔[1]。譬如列那尔的《菲利普一家的家风》（收录于岸田国士日译本《葡萄田种葡萄》），乍看使人怀疑是未完之作，实际上是以"善观之眼"与"易感之心"缀成的一部小说佳作。再以塞尚为例，他为后世留下了许多未完成的画作，一如米开朗琪罗留下未完成的雕塑作品——然而即使被称为"未完成"的塞尚画作是否真的未完成，多少令人怀疑，事实上，罗丹就称米开朗琪罗未完成的雕塑是完成品！然而，米开朗琪罗的雕塑自不

---

[1] 儒勒·列那尔（1864—1910）：法国小说家，著有《胡萝卜须》《自然的故事》等。

消说，列那尔的小说并不像塞尚那几幅画作一样令人疑是未完成之作。不幸的是我孤陋寡闻，不知道法兰西人如何评价列那尔，不过列那尔独特性的创作之路似乎并未得到充分认可。

除了西洋人，这样的小说没有人写过吗？对我等日本国人，我想举出志贺直哉氏的几个短篇——包括《篝火》等。

这类小说我称其为"没有通俗趣味"。我所说的通俗趣味，指对故事事件本身的兴趣。我今天在街头目睹了一场人力车夫与汽车司机的吵架，还颇感有意思。这是种什么趣味？想来思去，我以为这和观赏戏剧中的吵架场面并无两样。若说有什么不一样，那就是戏剧中的吵架不会殃及我，而街头吵架却不知道何时会危及我身。我并不是否定能给予人这种趣味的文艺作品，但我相信，还有比这种趣味更高尚的趣味。若问那是什么样的趣味——我尤其想如此答复谷崎润一郎氏——《麒麟》开篇数页即是能予读者此种兴趣的一个绝好例子。

没有像样"故事"的小说在通俗趣味方面是有所

阙略的。当然，从正面理解的话，其并非有意阙略（只是"通俗"作何解释的问题）。列那尔笔下的菲利普——以诗人之眼与心所透视的菲利普之所以激发我们的兴趣，一半应归于他是与我们相近的一个凡人。称此为通俗趣味并无不当（当然我不想将论说重点放在"凡人"上，而是放在"以诗人之眼与心所透视的凡人"上）。事实上，我结识有很多因此种趣味而溺志文艺的人。不消说，我们对动物园的长颈鹿不吝发一声惊叹，对家中的猫儿也怀有深情。

倘若如某评论家所言塞尚是绘画的破坏者，则列那尔也是小说的破坏者。从这个意义上来说，姑且不论列那尔，即使是带有弥撒香炉香气的纪德、散发着市井气息的菲利普，或多或少走的也是这种行人稀少、布满陷阱的道路。我对这样的作家——阿纳托尔·法朗士、巴雷斯[1]之后的作家们的创作情有独钟。所谓没有像样"故事"的小说是指什么样的小说，我

---

1 巴雷斯(1862—1923)：法国小说家、政治家，著有《自我崇拜》等。

为何喜爱这类小说——上面所写的数十行文字对此已经大致说清楚了吧。

二 答谷崎润一郎氏

接下来，我有责任回答谷崎润一郎氏的论点。其实，一半在（一）中已经作答了。然而，对于谷崎氏"文学之中，最具结构之美的是小说"这一观点我无法苟同。任何一种文艺形式——即使仅有十七音的俳句——都具有"结构之美"。不过，若照此逻辑推进，是对谷崎氏观点的曲解。其实，较之小说，"最具结构之美的"毋宁说是戏剧。当然，最像戏剧的小说或许也还是较最像小说的戏剧少些"结构之美"。基本而言，戏剧较小说更富于"结构之美"——这不过是论争中的枝节问题。总之，小说这种文艺形式是否"最"具结构之美姑且不论，但确实是"富于"结构之美的。谷崎氏还说："摒除情节的趣味性，就等于舍弃了小说这一形式所拥有的特权。"这也不难理解。对此问题的回答，我想在（一）中已经写明。然而对谷崎氏"日本小说最欠缺的，便是此种构成力，即将各种复杂的情节几何学式组合起来的才能"的观点我却无法轻易赞同。我们日本人自往昔《源氏物语》始，便具有此种才能，单单考察现代诸位作家，也可举出泉镜花氏、正宗白鸟[1]氏、里见弴氏、久米正雄氏、佐藤春夫氏、宇野浩二氏、菊池宽氏等人，并且身处诸多作家中仍能绽放出异彩的当数"我等之兄"谷崎润一郎氏本人。我绝不会像谷崎氏那样哀叹我等东海孤岛之民缺欠此种"构成力"。

关于"构成力"问题恐怕还足可写上几十行。不过这就需要更详尽地介绍一下谷崎氏的论点。顺便说一句，我不认为在"构成力"方面，我们日本人较中国人更差，不过要写出《水浒传》《西游记》《金瓶梅》《红楼梦》《品花宝鉴》那样洋洋洒洒的长篇，在体力

---

1 正宗白鸟（1879—1962）：日本小说家、剧作家、评论家，本名忠夫，著有小说《泥人儿》、戏剧《安土之春》、评论集《文坛人物评论》等。

方面确实难望其肩项。

我还想答复谷崎氏的是这句话："芥川君攻击情节的趣味性，大概不在于结构方面，而在于素材。"对谷崎氏所用素材，我没有异议。《日本的克里彭事件》也好，《小王国》《人鱼的叹息》也好，在素材——以及谷崎氏的创作态度——方面绝无不足。除了佐藤春夫，我或许是最了解谷崎氏创作态度的人了。我在鞭策自己的同时，也想鞭策谷崎润一郎氏（谷崎氏自然清楚，我的鞭子上没有棘刺）。问题在于，运用素材时的诗性如何？或者说诗性深浅如何？谷崎氏的文章或许较司汤达的更属于美文（姑且相信阿纳托尔·法朗士的评价，19世纪中叶的作家中，巴尔扎克、司汤达、乔治·桑都不是美文家），尤其在营造绘画般效果方面，司汤达几近无能为力，完全难与俦匹（勃兰兑斯[1]可作为连带责任者）。然而司汤达作品中充溢着的诗性精神，却只有他才能做到。福楼

---

[1] 勃兰兑斯（1842—1927）：丹麦评论家，著有《十九世纪文学主潮》等。

拜之前唯一的艺术家梅里美也输司汤达一筹,已足可解答这个问题。我冀望于谷崎润一郎氏的,归根到底就是这一点。写《刺青》的谷崎氏是诗人,然而不幸的是,写《正是为了爱》的谷崎氏却距离诗人甚远。

我的朋友啊,回到你自己的路上罢。

三 我

最后,我想重复的是,我今后也不会专心一意地创作没有像样"故事"的小说。任何人都只会做力所能及之事。我的才能是否适合写这样的小说是个疑问,且不仅如此,写这样的小说绝非轻而易举的事。我之所以写小说,是因为小说是所有文艺形式中最具包容性的,可以装进任何东西。倘若我生在业已确立了长诗体的西洋国度,或许会成为一名诗人而不是小说家。我向形形色色的西洋人频送秋波,但如今细想来,内心最爱的还是诗人兼记者的犹太人——海因里希·海涅。

四 伟大的作家

如前面所写，我是个很杂驳的作家，但这未必是我的弊病。不，对任何人而言都不是弊病。古今被称为伟大作家的，都是杂驳的作家，他们将什么东西都装进他们的作品。歌德被视为古今之伟大诗人，即使不是全部，大半也是因为他的杂驳——比挤上挪亚方舟的人还杂驳。不过严格来说，杂驳不如纯粹。在这一点上，我常对所谓伟大的作家投去怀疑的目光，他们是否足可代表一个时代。倘若他们的作品足以影响后世，只能归为他们是非常纯粹的作家。"'大诗人'这个词没有什么意义，要紧的是做纯粹的诗人。"《窄门》中主人公的话绝不可以等闲视之。我在论说没有像样"故事"的小说时，偶然用到"纯粹"这个词，接下来我将以此为机，评论一下最纯粹的作家之一——志贺直哉氏，因此这场讨论的后半部分将自然转为志贺直哉论。当然，什么时候再因时因机而转向哪条岔道，我自己也无法保证。

五 志贺直哉氏

志贺直哉氏是我们之中最纯粹的作家——即便不是，也是最纯粹的作家之一。评论志贺直哉氏，当然不是由我而始的，我因太忙——毋宁说是懒惰，没有读过那些评论。因此，内容可能与前人的评说有所重复，不过也可能不会重复……

（一）志贺直哉氏的作品，首先是一位高尚作家的作品。高尚——高尚地活着，首先便是像神一样活着吧。或许，志贺直哉氏也没有像地上的神那样活着，但至少是净洁地（这是第二项美德）活着，这一点是毫无疑问的。当然，我说的"净洁"并非指频繁地以皂净身，而是指"道德上的净洁"。这样说或许会使志贺直哉氏的作品显得狭陋，实际上非但不狭陋，反而更加宏大。因为我们的精神生活加上道德属

志贺直哉 | 1883—1971

性后，会比加上该属性之前更宏大（所谓加上道德属性并非道德说教的意思。物质性痛苦之外的痛苦，大半由这种属性而产生，谷崎润一郎氏的恶魔主义不消说也源自这种属性——恶魔是神的双重人格者。若要找其他例证，较之正宗白鸟氏作品中经常被人议论的厌世主义，我以为更多的是基督徒的灵魂绝望）。这种属性应该是深深根植于志贺氏心中的，而激发此种属性的近代日本所孕育的道德天才——恐怕是唯一名实相符的道德天才——武者小路实笃氏的影响肯定不小。为慎重起见我再重复一遍：志贺直哉氏是位高尚的作家，这从他作品中的某些道德口吻也可见一斑（《佐佐木的遭遇》结尾一段就是明显的例子）。与此同时，从他的作品中也可窥见某种精神性的痛苦，贯穿于长篇小说《暗夜行路》中，其实便是这种敏感的道德之魂的痛苦。

（二）志贺直哉氏在描写上是不依赖空想的现实主义者。并且其现实主义的细致入微处，丝毫不逊于前人。若论这一点，我可以毫不夸张地说，其较托尔斯泰更加细致。他的作品常常结束得很平淡，但关注这一点的读者还是能从中获得满足，不被世间瞩目的《廿代一面》便是这类作品之一。其能收到这样的效果，是因为作品（譬如小品《去鹄沼》）极尽写生之妙。顺便说说《去鹄沼》。这篇作品的细节全部基于事实，只有"圆鼓鼓的小肚子上到处沾满了沙粒"这一行不是事实。作品原型之一的某人读到这句，竟然说："啊……当时某某的肚子上确实沾了沙粒。"

（三）描写上的现实主义并不仅限于志贺直哉氏。他的这种现实主义之中，流淌着立足于东洋传统的诗性精神。可以说，令其模仿者遥不可及的原因就在于此，这也正是我们——至少是我——望尘莫及的特色。我不敢明确保证，志贺直哉氏本人是否意识到这一点（将所有艺术活动置于意识限阈之内是十年前的我）。即使未被作者本人意识到，但这一点确实为作品增添了独特的色彩，《篝火》《真鹤》等作品的生命几乎全部寄托于此。这些作品不逊于诗歌（此处所谓的诗歌并不排除俳句），极具诗性，在《可悲的男人》——当世用语称之为"人生式"作品——中也能看到这一点,除了诗人,无论如何没有谁能对着橡皮球般丰满的乳房吟唱"丰年、丰年"。现今的人们相对来说不太关注志贺直哉氏的这种"美感",我多少有些遗憾("美感"不止存在于浓重的色彩之中)。同时,也对人们同样不关注其他作家的美感有些遗憾。

(四)同为作家,我也关注志贺直哉氏的写作技巧。《暗夜行路》的后篇在技巧上可谓更可进一步。这一点或许除了作家本人其他人不怎么感兴趣。我只想简单举一两个例子,以示即使是早期的志贺直哉氏,也具备高超的写作技巧。

> 烟管虽然是女式的,却是旧物,比现在的男式烟管更粗,制作得很精巧。吸嘴上镶嵌着玉藻前[1]手执桧扇的雕饰……他仔细端详这件精美的工艺品,心想,身材高挑、大眼睛、高鼻梁,与其说美,不如说整个人丰盈敦实,那样的女人

---

[1] 玉藻前:日本传说中平安时代末期鸟羽上皇的宠姬,据说本是妖狐化身。

才配得上它。

——这是《他和大他六岁的女人》的结尾。

代助走到花瓶右首的多宝槅式书架前,取下搁在那上面的厚重相册。他站在那里,解开金属搭扣,开始逐页翻看。翻到中间时手忽然停下了,那里有一张二十来岁的女人的半身像。代助垂下视线,凝视着女人的脸。

——这是《从此以后》第一回的结尾。

出门日已远,不受徒旅欺。
骨肉恩岂断,手中挑青丝。
捷下万仞冈,俯身试搴旗[1]。

---

[1] 所引应为杜甫《前出塞九首》之二。另外,芥川引文中间有遗漏,全诗应为:出门日已远,不受徒旅欺。骨肉恩岂断,男儿死无时。走马脱辔头,手中挑青丝。捷下万仞冈,俯身试搴旗。

——这是更早的杜甫《前出塞》诗的结尾——不是结尾,是其中一首。以上所举之例,都给人鲜明的视觉感受,也就是通过近似一幅人物画的造型美术效果,使文章结尾鲜活了起来。

(五)以下是一些余谈。志贺直哉氏之《盗子谭》容易让人联想到井原西鹤之《孩童地藏》(《大下马》)。而《范某的犯罪》让人联想到莫泊桑的《艺术家》[1]。《艺术家》中的主人公也是沿女人体侧投掷飞刀的民间艺人,《范某的犯罪》主人公在精神恍惚之中竟然杀死了女人,而《艺术家》主人公经多年苦练,手法纯熟,飞刀没有刺中女人身体而全刺在四周。女人心中有数,冷然看着男人,竟然还露出微笑。然而,西鹤的《孩童地藏》也好,莫泊桑的《艺术家》也好,和志贺直哉氏的作品没有任何关系。为避免后世的批评家称其为模仿,我特加此一笔。

---

[1] 据后人查考,所谓莫泊桑《艺术家》(*L'Artisite*)系英译短篇集中混入的伪作。

六 我们的散文

依佐藤春夫氏的观点,我们的散文是口语体,就应该如何说便如何写。这或许是佐藤氏不经意间所说,然而其说却包含了一个问题——"文章的口语化"。近代的散文或恐就是沿着"如何说便如何写"的道路发展过来的。作为其明显例子(较近的)我想举出武者小路实笃、宇野浩二、佐藤春夫等诸位的散文。志贺直哉氏亦在其中。然而,西洋人的"如何说"暂且不论,我们的"如何说"即使与邻国中国人的"如何说"比起来也缺乏音乐性。我当然也抱有"如何说便如何写"的想法,但同时也希望能"如何写便如何说"。据我所知,夏目漱石先生往往便是"如何写便如何说"的(但这并非"如何写便如何说,即是如何说便如何写"的循环论法)。如前所述,"如何说便如何写"的作家并非没有,而"如何写便如何说"的作家何时才能出现于这东海之孤岛?不过……

不过,我想说的并不是"说",而是"写"。我们的散文正如罗马之营建，并非一日而成。我们的散文从先时明治时代开始一步步成长至今，奠定基础的，是明治初期的作家们。这个暂且不谈，回顾较晚近的时代，我想还可以举出诗人们对于散文所起的影响。

夏目先生的散文未必逊色于他人，然而先生的散文略输记述文却是不争的事实。记述文由谁确立的？是俳人兼歌人兼批评家的天才正冈子规（不止记述文，子规对我们的散文——口语文的成熟也做出了不少功绩）。回顾这段历程，高滨虚子[1]、坂本四方太[2]等人也在记述文的建筑师之列（当然，作为《俳谐师》作者的高滨氏在小说方面留下的足迹需另外察觉）。我们的散文还受到诗人的恩惠，在更晚近时代也不是没有实例，譬如北原白秋[3]氏的散文，为我们的散文带来近代色彩与气息的正是其诗集《回忆》中

---

1 高滨虚子（1874—1959）：日本俳人、小说家，本名清，著有《虚子俳句集》《五百句》及小说《两个柿子》《俳谐师》等。
2 坂本四方太（1873—1917）：日本俳人，著有《寒玉集》等。
3 北原白秋（1885—1942）：日本诗人、歌人，本名隆吉，著有诗集《邪宗门》《回忆》，歌集《桐花》等。

的序言。这方面，除了北原氏还可举出木下杢太郎[1]氏的例子。

现在的人们以为诗人均身处日本巴纳斯山之外。然而小说、戏剧与其他所有文艺形式绝不是毫无关联独立存在的。诗人在其创作之外，一直对我们的创作产生影响，这并非仅由上面所写的事实所证明，我们同时代的作家中也可举出诗人佐藤春夫、诗人室生犀星[2]、诗人久米正雄等人的例子，这也为我的观点明确做了注脚。不止这些作家，就连最像小说家的里见弴氏也留有数篇诗作。

诗人们或许多多少少会吁叹自己的孤独。然而依我说，毋宁说这是"光荣的孤独"。

1　木下杢太郎（1885—1945）：日本诗人、剧作家，本名太田正雄，著有诗集《食后歌》、小说集《唐草表纸》、戏剧《南蛮寺门前》《和泉屋染物店》等。
2　室生犀星（1889—1962）：日本诗人、小说家，本名照道，著有诗集《抒情小曲集》等及小说《幼年时代》《杏子》等。

七 诗人们的散文

说起来,因精力所限,诗人们的散文常常难以达到其诗歌的同等程度。松尾芭蕉的《奥之小道》也不例外。尤其起首一节,破坏了贯穿全篇的记述风格。"日月乃百代之过客,流年亦为旅人。"看看第一行,笔调轻快的后半部分根本承受不住这深沉感(对散文也抱有野心的芭蕉,评价同时代西鹤氏的文章"浅白低俗",对追求枯淡的芭蕉而言,这样说完全可以理解)。然而他的散文对作家们的散文产生过影响却是无疑的,即使略过芭蕉后来被称为"俳文"的那些散文,仍可以这样说。

八 诗歌

日本的诗人们被世人认为身处巴纳斯山之外,一半的原因在于世人的鉴赏力未能企及诗歌;另一个原因也在于诗歌毕竟难以像散文那样,承载我们全部的生活情感（诗——用古老的话语来说，新体诗在这方面比短歌、俳句更自由，即使有无产阶级的诗，却没有无产阶级的俳句）。然而诗人们——例如现在的歌人们——并非没有做过这样的尝试，最显著的例子是《悲哀的玩具》作者、歌人石川啄木[1]为我们留下的作品。现在来说，这或恐已是老生常谈了。然而"新诗社"除了啄木，还诞生了另一位拉开"奥德修斯之弓"的歌人，正是写出《祝酒》的歌人吉井勇[2]氏。《祝酒》中所歌咏的，带有小说的气息（或者说带有心理描写的影子）。追忆虚度了大川端那些秋日光阴的吉井勇氏，在这点上同石川啄木——总是在与贫苦格斗——形成了鲜明对照（顺便说一句，《兰》之父正冈子规与《明星》[3]之子北原白秋，为完善我们的散文形式而齐心协力，也是极好的对照）。

---

1 石川啄木（1886—1912）：日本歌人、诗人，本名一，著有歌集《一把沙子》，小说《云是天才》等。
2 吉井勇（1886—1960）：日本歌人、剧作家，著有歌集《祝酒》，戏剧《午后三时》等。
3 《兰》与《明星》均是当时有名的短歌杂志。

这并不只限于"新诗社",斋藤茂吉氏在《赤光》中收入有《亡母》《阿广》等作品,并一步步推动十数年前石川啄木未竟事业——所谓"生活派"和歌。斋藤茂吉氏涉足的领域极为纷繁,其和歌集中每一首都回荡着和琴、大提琴、三味线和工厂汽笛声(是"每一首"而不是"一首中")。倘若继续写下去,我可能会不知不觉地转向斋藤茂吉论,出于行文考虑,就此停住罢。但总之,像斋藤茂吉氏那样在创作上永远毫不满足的歌人,前人中应该也有不少。

九 两位大家之作

当然,任何作品都无法脱离作家的主观意识。倘使用"客观"这一权宜方便的标签,自然主义作家中最客观的作家是德田秋声氏。在这一点上,正宗白鸟氏可谓正处对跖。正宗白鸟氏的厌世主义与武者小路实笃氏的乐天主义也成鲜明对照,且是近乎道德性的。德田氏的世界或许黑暗,却是一个小宇宙,是久

正宗白鸟 | 1879—1962

米正雄氏称作"德田水",具有东洋诗情的小宇宙,那里即使有娑婆无量苦,却没有燃烧的地狱业火。然而,正宗氏一定要将这地面之下的地狱呈现给人看。记得前年夏天,我翻看汇集正宗氏作品的书,将其全部读完,在谙晓人生表里方面,我或许不逊于正宗氏、德田氏,可我所感受到的——至少在我的感受中是最直逼心田的——是近乎从中世纪开始便一直在感动我们的一种宗教情绪。

从我,是进入悲惨之城的道路;
从我,是进入永恒的痛苦之路……

追记:两三天之后,读了正宗氏的《关于但丁》,感慨良多。

十 厌世主义

依正宗白鸟氏的教诲,人生是黯淡的。为阐述这一观点,正宗氏创作了各种各样的"故事"(虽然其作品中没有像样"故事"的小说不少),并且,为构撰这些"故事"还运用了各种各样的技巧。就此而言,才子之名理所当然应归于正宗氏。不过我想说的,是他的厌世主义人生观。

我也如正宗氏一样,相信不管身处何种社会组织,我们人类的苦难都难以拯救。即使宛似古代牧羊神的阿纳托尔·法朗士笔下的乌托邦(《在白色的石头上》),也不是佛陀所梦想的寂光土[1]。生老病死与哀别离苦必会使我们痛苦。记得去年秋天,我读到陀思妥耶夫斯基的子抑或孙饿死的电报,尤其不能不令我这样想。当然这是共产主义治下的俄国的事,但即使换作无政府主义世界,说到底,只要我们人类还是我们人类,就不可能幸福。

"为钱失命"是封建时代以来的名言。随着社会组织的变动,金钱所引发的悲喜剧必定有所减少,我

---

[1] 寂光土:又称寂光净土、寂光国,佛教用语,指诸佛如来法身所居之处。

们的精神生活也会发生某些变化。倘强调这样的观点，我们人类的将来或许会是光明的。然而无关金钱的悲剧也并非没有，况且金钱未必是驾驭我们人类的唯一力量。

正宗白鸟氏与无产阶级作家立场不同是当然的。我——或许我也会出于权宜的考虑变成共产主义者——也是无论走到哪里，本质上终究还是记者兼诗人。文艺作品无疑总会消亡。事实上，据闻，法语的连音正逐渐消失，波德莱尔诗歌的音律之美自然也将不再了吧（当然，不管发生什么变化这种事情都与我们日本人无碍）。然而一行诗的生命比我们的生命更长，即使明天被视为"怠惰时代的怠惰诗人"——梦想家，今天的我也不以为耻。

十一 渐渐被淡忘的作家

我们至少像钱币一样具有两面。有两面以上也绝不罕见。西洋人所说的"作为艺术家也作为一个人"

就显示了这种两面性。"作为人"失败而"作为艺术家"成功的，非强盗兼诗人弗朗索瓦·维庸[1]莫属。《哈姆雷特》的悲剧在歌德看来，是本应成为思想家的哈姆雷特不得不替父复仇的王子的悲剧。这也可以说是两面相克的悲剧吧。我们日本历史上也有这样的人物。征夷大将军源实朝[2]作为政治家失败了，但写出《金槐集》的歌人源实朝作为艺术家却取得了了不起的成功。而"作为人"，或者说，作为任何一个角色都失败，作为艺术家也不成功，才更为悲剧。

然而作为艺术家是否成功，并不容易断定。事实上，兰波[3]曾遭法国嘲笑，如今法国却向兰波致敬。尽管误植在在皆是，但出版了三册诗集的兰波是幸福的，倘若没有诗集……

---

1 弗朗索瓦·维庸（François Villon，约1431—约1463）：法国诗人，作有《遗言诗集》等。
2 源实朝（1192—1219）：日本政治家、歌人，镰仓幕府第三代将军，作有《金槐和歌集》。
3 让·尼古拉·阿蒂尔·兰波 (Jean Nicolas Arthur Rimbaud, 1854—1891)：法国诗人，著作有《元音》《醉舟》《地狱一季》等。

我的数位前辈和友人，写过两三篇短篇佳作却被人遗忘得一干二净，或许他们的能力较当今作家有所短拙，但也另有偶然的因素（倘有作家完全不承认此种因素，则只能视作例外）。将他们的作品汇集成册几近不可能，然而若能成遂，暂且不说对他们本人，对后人一定是有益的。

"余生既早，余生亦晚。"这不只是西洋诗人的叹伤，我在福永挽歌[1]、青木健作[2]、江南文三[3]等诸氏身上也感受到了同样的叹伤。我曾在横排文字的杂志上看到"几近被忘却的作家"系列作品的广告，或许我也是名列其中之一人。这样说并非出于谦逊。英国浪

1　福永挽歌（1886—1936）：日本诗人、小说家、翻译家，本名涣，著有《樱井大尉的肉弹》《夜的海》，译有《椿姬》（即《茶花女》）《铁面人》《三剑客》等。
2　青木健作（1883—1964）：日本俳人、小说家，著有《阿绢》《新讲俳谐史》等。
3　江南文三（1887—1946）：日本诗人、歌人，著有《日本语的法华经》等。

漫主义时期的宠儿、《僧侣》的作者刘易斯[1]竟也在其中。然而被淡忘的作家未必只能活在过去，且当他们的作品被作为一部作品而阅读时，并不会被指责说较当今各杂志上登载的作品还逊色。

十二 诗性精神

我与谷崎润一郎氏会面、陈述我的反驳时，却被反问道："你说的诗性精神是什么？"我所谓的诗性精神即最广义上的抒情诗，当然我也是这样回答的。谷崎氏又问："如果是那种精神，不是随处可见吗？"正如我当时所答，我并不否认这一点。《包法利夫人》《哈姆雷特》《神曲》《格列佛游记》均是诗性精神的产物。既然各种思想都杂冗于作品之中，则它们必须经历诗性精神的净火洗礼。我要说的是如何才能燃起那

---

[1] 马修·格雷戈里·刘易斯 (1775—1818)：英国诗人、小说家、剧作家，著有《修道士》《古堡魅影》、诗集《神怪故事》等。

净火。或许多半有赖天赋才能，出人意料的是精进之力并无大功。净火的热度高低，直接决定了作品的价值高低。

世上不朽之作数不胜数。作家死后三十年仍能留下十篇值得我们阅读的，完全可称之为大家；即使只有五篇，也可入名家之列；最终只留下三篇的，怎么也算得上是个作家了。即使成为一个这样的作家也绝非易事。我在横排文字的杂志上还发现威尔斯[1]说的一句话："短篇两三天便可写成。"且不说两三天，倘截稿迫在眉睫，任何人都能一天之内完稿。然而威尔斯之所以是威尔斯，即在于他总是在两三天之内完成，因此并未写出什么像样的短篇。

1　赫伯特·乔治·威尔斯（1866—1946）：英国作家，著有《时间机器》《隐身人》等。

森鸥外 | 1862—1922

十三 森先生

近读《森鸥外全集》第六卷，感觉非常不可思议。森先生学贯古今、识压东西自不待言，而且先生的小说戏剧也大多浑然天成（所谓新浪漫主义在日本也催生出许多作品，但或许像先生之戏剧《生田川》这样成熟的作品很少），不过先生的短歌、俳句即使以偏私的眼光看也终究未臻作家之境。先生是拥有当世罕见听觉的诗人，譬如，读《玉箧两浦屿》便能一窥先生谙悉日语的音韵之美。先生的短歌及俳句也未尝不是如此。同时，体裁也十分规整。就此而言，可以说先生极尽人工之大成。

然而先生的短歌、俳句缺少某种微妙的东西。诗歌若能捕捉到此微妙的东西，某种程度上可以不必在意诸余之巧拙。然而先生的短歌和俳句巧则巧矣，却并未直入人心。是因为短歌与俳句乃先生创作余戏之故？然而此种微妙的东西在先生的戏剧和小说中也未见锋芒（这并非说先生的戏剧和小说没有价值）。夏目先生余兴所作的汉诗——尤其是晚年的绝句——

却成功捕捉到了此种微妙的东西（若不顾忌遭人"我佛独尊"之讥的话）。

想到这些，我的最终结论是，森先生终究不像我们一样生来神经质。又或者，与其说先生是诗人，不如说属于其他类型。写出《涩江抽斋》的先生无疑是空前之大家，我对先生抱有近乎恐惧的敬意。即使没有写此大作，先生的精力与聪颖天资也令我感动。我曾在森先生的书斋与身着和服的先生聊天。与方丈室[1]相仿的书斋一角铺了一张干净的镶边草席，上面好像晒蠹似的摊着许多页旧信纸。先生对我说："前些时候来了个人，说是收集柴野栗山[2]的书信，并将其编纂成书了。我说那本书很不错，只可惜没有按年代顺序编排。他回答说，真是扫兴，日本的书信只写月日，所以根本无法按年代编排。于是我指着这些旧

---

1 方丈室：寺院住持起居和理事的地方，此处也有狭小之意。
2 柴野栗山（1736—1807）：日本江户中期的儒学家，本名邦彦，著有《栗山文集》《杂字类编》等。

书信告诉他，这里有几十通北条霞亭[1]的书信，不过我全是按年代排列的！"我还记得先生当时那昂首挺胸的样子。对这样的先生瞠目的，应该不仅我一人。然而坦白说，较之阿纳托尔·法朗士的《圣女贞德》，我更希望能留下波德莱尔的一行诗。

十四 白柳秀湖氏

我近日还读了白柳秀湖[2]氏的文集《倾听无声》，对《我的美学》《关于羞耻心之考察》《动物发情期与食物之关系》等小论文颇感兴趣。《我的美学》如题所示，对应白柳氏的美学，《关于羞耻心之考察》对应白柳氏的伦理学。后者暂且不论，这里只对前者稍作介绍："美并非与我们生活毫无关系而诞生的，我

---

1 北条霞亭（1780—1823）：日本江户后期汉诗人，名襄，字子让、景阳，霞亭是其号，著有《霞亭摘藁》《霞亭涉笔》等。
2 白柳秀湖（1884—1950）：日本小说家、评论家，本名武司，著有《站员日记》及评论《铁火石火》等。

们的祖先喜爱篝火，喜爱林间的流水，喜爱盛肉的陶器，喜爱击倒敌人的棍棒，美是自然而然诞生自这些生活的必需品的……"

在我看来，这样的小论文至少比当今许多小品更值得尊敬（白柳氏在论文结尾注明，写于"文坛一隅出现唯物美学或其相关翻译为时尚早之时"）。我完全不谙美学，更是与唯物美学无缘的芸芸众生之一，然而白柳氏的美的发生论，为我提供了创造自己的美学的契机。白柳氏未谈及造型美术以外的美的发生。我十数年前在某山中旅舍听到鹿鸣，便心生怀人之思。所有的抒情诗或许皆源自这鹿鸣——雄鹿呼唤雌鹿的叫声。这种唯物美学，俳人自不必说，往昔的歌人可能就已经知道了。至于叙事诗，应该起源于远古先民的散言碎语。《伊利昂纪》就是关于诸神的闲谈，无疑令我们感到充满了野性的庄严之美，然而这只是我们，远古先民从《伊利昂纪》中感受到的，却是他们的欢乐、悲哀与痛苦。不只如此，还有他们的心在燃烧……

白柳秀湖氏在美之中观察我们祖先的生活。然而，我们不仅仅是我们，当非洲沙漠上出现都市时，我们就成了我们子孙的祖先。我们的精神能如地下泉水一般，传递给我们的子孙吗？我同白柳秀湖氏一样，对篝火感到亲近，并在此种亲近感中遥念远古的先民（我在《枪岳纪行》中有所谈及）。然而，"和猿猴差不多的我们的祖先"为点燃篝火，不知付出了多少苦心。发明点燃篝火的人无疑是天才，将篝火延续下去的则是更多的天才。念及他们的不幸，我便不再有"如今的艺术，消亡也无妨"的念头了。

十五《文艺评论》

批评亦是文艺的一种形式。我们的褒或贬，说到底是为表现自我。为银幕上的美国演员——而且是已经死去的——瓦伦蒂诺不吝惜自己的掌声，并非为了取悦对方，不过是为表达好感——引申开来说，也就是表现自我。倘是为表现自我……

我们的小说、戏剧或许远不及西洋人，而批评无疑也逊于西洋人。如此荒芜之中，我只爱读正宗白鸟氏的《文艺评论》。借用西洋人之语，批评家正宗白鸟氏的态度是彻头彻尾的"简明扼要"。且《文艺评论》未必只是文艺评论，有时也是文艺的人生评论。我喜欢一手夹着烟阅读《文艺评论》，它时常会令我想起遍布碎石的崎岖小路，还有从这崎岖小路的阳光中感到一种残酷的欢欣。

十六 文学处女地

英国关注起冷落已久的 18 世纪的文艺了。原因之一或许是大战之后人们都追求一种积极向上的东西（我暗自以为，普天之下都如此。同时又因未受到大战冲击的日本也渐渐被此种流行所感染而感到不可思议）；另一个原因则是，因为一直被冷落，反倒容易给文学家的研究提供了素材。洗菜盆没米，麻雀不会来。文学研究也是如此。因此，备受冷遇也意味着被重新发现。

日本的情况同样如此。一茶俳谐寺暂且不论，天明以后的俳人作品几乎无人关注。我以为，他们的作品终会逐渐得到彰显，且"平平"一词不足以概括的一面也会逐渐显示出来。

被冷落，也未必全是坏事。

十七 夏目先生

我惊异地发现，不知什么时候起，夏目漱石先生成了"风流漱石山人"。我所了解的先生是才气焕发的老者。不仅如此，先生心情不佳时，诸位前辈且不说，后进如我者常困窘得不知如何是好。天才原来当如此做派啊——我曾如此想过。一个即将入冬的木曜之夜[1]，先生一边与访客交谈，一边朝向我吩

---

1 木曜：星期四。夏目漱石曾每星期四午后三时起在家接待弟子及青年文学爱好者等来访，自由畅谈，这一沙龙性质的聚会后来被人称之为"木曜会"。

夏目漱石 | 1867—1916

咐（脸却并未转向我）:"给我烟拿过来!"然而我并没有找到烟盒,于是只得问"烟放在哪里?"先生一语未发,猛然（这样说绝无夸张）将下颌向右一甩。我瑟瑟缩缩向右看去,终于在客厅角落的桌上发现了烟盒。

《从此以后》《门》《行人》《道草》等,均为情感如此丰富的先生的作品。或许先生想活得枯淡,实际上可能也有过枯淡的生活,然而我所知道的先生的晚年,绝不似所谓的文人,创作《明暗》前无疑变得更加性情激烈。每每想起先生,都会对他的老辣无双有新的感受。一次,我同先生说起个人私事,先生的胃病似乎情况颇好,于是对我说:"我无法给你任何忠告。不过,若我处在你的处境……"其实那一刻,较之先生猛然朝我甩下颌,我更觉惶恐不安。

十八 梅里美书信集

梅里美读福楼拜《包法利夫人》时,说"这是在浪费超凡的才能"。《包法利夫人》对于浪漫主义者梅里美而言,或许实际的感觉就是如此。而梅里美的书信集(写给不知某位女性的情书)中倒是充满了各种趣事。譬如寄自巴黎的第二封信:

> 圣奥诺雷街住着一个贫穷女人,她几乎从未离开过那个寒酸的阁楼房间。她有一个十二岁的女儿。小姑娘下午去歌剧院干活儿,通常要到半夜才回家。一天晚上,小姑娘来到门房屋里,说:"请借我一支点燃的蜡烛。"门房的妻子跟着她爬上阁楼,发现那个贫穷女人已经死了。小姑娘从一个旧箱子里拿出一扎信,把它们统统烧了。"妈妈今晚死了。这些信是她死之前叫我烧掉的,她不让我看。"——她对门房的妻子说。小姑娘不知道父亲的名字,也不知道母亲的名字,唯一的谋生之计就是在歌剧中扮演猴子、恶魔,都是些微不足道的配角,母亲临终前告诫她:"就一直当配角,还要善良"。直到现在,小姑娘仍遵照母亲的教诲做着一个善良的配角。

顺便再引用一段乡村的故事，这是一封寄自戛纳的信。

一个住在格拉斯附近的农夫，死在了山谷。可能是前一天晚上掉下去摔死的，或者是被人抛下去的。另一个农夫公开宣称是自己杀死了这个同伴。"为什么要杀死他？怎么杀的？""他给我的羊下咒语。我的牧羊人教我，把三根钉子放在锅里煮，然后念咒语，结果他当晚就死了。"……

这些信的时间跨度从 1840 年一直到 1870 年梅里美去世那一年（他的《卡门》写于 1844 年）。那些故事本身或许不成为小说，可若能提炼出某个主题，则也有可能成为小说。且不说莫泊桑，菲利普[1]便用这样的故事

---

1 菲利普（1874—1909）：法国诗人、小说家，作品多描写下层社会，对穷人倾注同情，著有《母与子》《蒙帕那斯的比比》《夏尔·布兰沙尔》等。

创作出数篇精美的短篇。我们自然如樗牛所说，无法"超越现代"，且支配我们的时代格外短暂。我在梅里美的书信集中发现他遗落的麦穗时，不禁深有所感。

梅里美给这位不知是谁的女性写信的同时，还创作了许多杰作，去世之前又接受洗礼成为新教徒。想到梅里美是早于尼采令我崇拜的超人，我不由对他产生若干兴趣。

十九 经典

我们只写自己知道的事。想必那些经典作家也是如此。教授们写文艺评论时，却总是罔顾这一事实。不过，或许不应一概而论说只有教授们才如此。总之，对于创作《暴风雨》的晚年的莎士比亚的心境我还是有种近乎同感的感受。

二十 新闻业

再度引用佐藤春夫氏之语:"如何说便如何写"。其实我在写这篇文章时,也如同在说话。然而,不管怎么写,想说的总也道不尽。由此看来,我其实是一名记者,因此我将职业记者皆视为兄弟(倘若对方婉辞,我也只能默然退下)。新闻说到底是历史(新闻报道有误等同于历史混有讹传),历史则终究是传记,而传记与小说又有多大差异?事实上自传与"私"小说并无明显差别。若暂且不理会克罗齐[1]的论述,将抒情诗等诗歌视作例外,所有的文艺都是新闻业。不止如此,报刊文艺在明治、大正时代留下了诸多较所谓文坛作品毫不逊色的作品。德富苏峰[2]、陆羯南[3]、黑

---

1 克罗齐(1866—1952):意大利哲学家、美学家、历史学家,著有《美学与政治》《论黑格尔》等。
2 德富苏峰(1863—1957):日本新闻人、评论家,本名猪一郎,著有《近代日本国民史》等。
3 陆羯南(1857—1907):日本新闻人、政论家,本名中田实,著有《羯南文集》等。

岩泪香、迟塚丽水[1]等诸位的作品暂且不说，即使山中未成[2]氏写的战地通讯，其文艺性也不输当今诸多杂志所载杂文。不只如此，报刊文艺作品因为不署名，因此许多作家名字都不为人知，事实上，我能从他们之中举出两三位诗人。摒除掉一生中任何一个瞬间，我都不会成为今日之我，这些人的作品（虽然我不知道他们的名字）带给我的诗性感动，令作为记者兼诗人的我受惠至今。"偶然"让我成为作家，也让他们成为记者。若说每月在薪水之外还有稿酬是种幸福，那我比他们幸福（虚名并不能带来幸福），除此以外，我们同他们在职业性质上并无两样，至少，我曾是一名记者，今天仍是一名记者，将来当然还是一名记者。

不过，诸位大家姑且不说，事实上，我对这种记者的天职有时也感到厌烦。

---

1 迟塚丽水（1867—1942）：日本新闻人、小说家，本名金太郎，著有《日本名胜记》《漫游南洋》《牛奶店家的女儿》等。
2 山中峰太郎（1885—1966）：日本新闻人、儿童文学作家、翻译家，山中未成是他的笔名之一。

二十一 正宗白鸟氏的《关于但丁》

正宗白鸟氏的但丁论超越了前人，至少在独特之见这一点上或许不逊于克罗齐的但丁论。我喜欢读这样的评论。正宗氏对于但丁的"美感"几乎没有关注，或许是故意为之，或许是自然而然。已故上田敏[1]博士也是但丁研究者之一，且曾计划翻译《神曲》，不过看博士的遗稿，他并非依据意大利原文翻译，随手所记显示的是依据卡里[2]的英译本转译的。所依底本是英译本，再谈但丁的"美感"难免陷于滑稽（我没有读过除卡里外的其他译本），不过即使读卡里的英译本，应该也能感受到几分但丁的"美感"……

《神曲》从另一方面说也是晚年但丁的自我辩护。

---

[1] 上田敏（1874—1916）：日本诗人、英语文学研究者，著有小说《漩涡》、译诗集《海潮音》《牧羊神》等。
[2] 亨利·弗朗西斯·卡里（1772—1844）：英国传记作家、翻译家，他于19世纪初将但丁《神曲》译成英文无韵诗，这个版本成为英译《神曲》的经典之作。

被指挪用公款的但丁，无疑必须为自己进行辩护。然而但丁去往的天堂对我而言有些无趣，是因为我们其实行走在地狱里的缘故？还是但丁自己也无法脱出炼狱之外的缘故？……

我们都不是超人。坚强的罗丹也因创作了著名的巴尔扎克雕像却遭世人恶评而极度痛苦，被逐出故乡的但丁一定也深受此种痛苦折磨，据说他死后变成幽灵，在儿子身上显现，这多少显示出但丁具有什么样的精神特质——遗传给了儿子的精神特质。但丁与斯特林堡一样，从地狱深处逃脱，《神曲》的炼狱里有种近似大病初愈的欢愉……

然而那些都未触及但丁的皮下一寸。正宗氏则在论文中咀嚼到了但丁的肉与骨。论文中论及的不是13世纪，也不是意大利，而是我们身处的娑婆界。和平，只要和平——这不只是但丁的祈愿，也是斯特林堡的祈愿。正宗氏不仰视但丁，这正是我喜欢的。如正宗氏所言，贝雅特丽齐不是普通女人，更近乎天人，倘若我们读了但丁再亲眼看到贝雅特丽齐，想必会失望吧。

写着这篇文章，我忽然想起了歌德。歌德笔下的弗里德里克几乎就是令人怜爱的代名词，然而波恩的大学教授涅克发表论文指出，弗里德里克未必是那样的女人。邓策等理想主义者当然不相信这一事实，但歌德本人也承认涅克所言无虚。并且，弗里德里克居住的塞森海姆村也同歌德的描述不一样，蒂克曾专程去寻访，结果表示"后悔"。贝雅特丽齐的情况应该也与此相同。然而，这样的贝雅特丽齐即使没有展现出贝雅特丽齐的应有模样，却展现了但丁自身。但丁一直到晚年，都在梦想着所谓"永恒的女性"，可"永恒的女性"并不在天国，且天国里尽是"未行之事的后悔"，一如地狱火焰中弥散着"所行之事的后悔"。

我读着但丁论，感受到正宗氏铁面具之下那双眼睛的神色。古人云："君看双眼色，不语似无愁。"正宗氏的双眼之色也是如此……然而令我恐惧。正宗氏这双眼睛，是假眼也未可知。

二十二　近松门左卫门

我和谷崎润一郎、佐藤春夫两位久违地去看了一场人偶戏。人偶较真人演员更美,尤其是静止不动时。然而操控人偶的黑衣人却令人悚然。事实上戈雅经常会在人物身后画些那样的东西。我们或许也是被东西——恐怖的命运——所驱使……

然而我想说的不是人偶,而是近松门左卫门。我看着小春和治兵卫[1],猛然想起了近松。相对于西鹤的写实主义者,近松则博得了理想主义者的名声。我不了解近松的人生观,他或许会仰天而叹我之偏狭,又或许正观看天候,担心着明日的上座率。时至今日,无疑没人知晓当时的情形。不过观看近松的净琉璃剧,可知他绝非理想主义者。若是理想主义者——何来理想主义者——究竟是什么?西鹤是文艺的写实主义者,同时也是人生观的写实主义者(至少从

1　小春和治兵卫:近松门左卫门作净琉璃剧《心中天网岛》的通称,小春和治兵卫分别是剧中的男女主人公。

作品来看是如此），然而文艺上的写实主义者未必也是人生观上的写实主义者。倘若将追求理想称作浪漫主义，则近松也是浪漫主义者，但他同时又是坚韧的写实主义者。且从"小春和治兵卫"的"河内屋"[1]中抹去雁治郎[2]的身影（如此就是看文乐了），之后留下的不是别的，正是对人生细节观察入微的写实主义戏剧，当然，其中无疑还夹杂了元禄时代的抒情诗。然而，若是因为有抒情诗就称其为浪漫主义者，只能说德利尔-阿达姆[3]所言无虚，我们只要不是傻瓜，总能成为浪漫主义者。

元禄时代的戏剧手法同今天相比，多少有些不自然。不过与之后的戏剧手法相比，元禄时代极少用小技巧。若不去烦心那些手法，"小春和治兵卫"在心

---

1 河内屋：日本歌舞伎演员的屋号。
2 中村雁治郎：日本关西地方的代表性歌舞伎演员，初代"中村雁治郎"，被誉为表演世话物（反映市井故事的作品，世态剧）的第一人，一般说"雁治郎"，即指他。
3 德利尔-阿达姆（1838—1889）：法国诗人、剧作家，著有《阿克赛尔》等。

理描写上绝没有偏离写实主义。近松关注他们的情欲主义和利己主义，但其实，他真正关注的是他们精神中某种不可思议的东西，将两人引向绝路的未必是太兵卫的恶意，夫妇父子间的善意也令他们痛苦不堪。

近松经常被比作"日本的莎士比亚"。相较以往的诸家之言，他或许更像莎士比亚。首先，近松像莎士比亚一样几乎超越了理智（想一想拉丁人种的戏剧家莫里哀）；其次，作品中随处可见名言美句；最后，即使在悲剧的高潮中也会突出一下喜剧性场景。我看到被炉那一场的乞丐和尚，便几次想到《麦克白》中的醉汉。

从高山樗牛开始，近松的市井剧评价高于时代剧。即使在时代剧中，近松也并非始终都是浪漫主义者，或多或少有着莎士比亚的影子。莎士比亚不在乎事实，在古罗马的场景中添加了时钟。近松同样不在乎事实，甚至更胜莎士比亚，他将神治时代的世界悉数转为元禄时代，而人物的心理描写却又是写实主义的。譬如《日本振袖始》中，巨旦、苏旦的兄弟之争一如市井剧中的某些场景，且巨旦妻子的心情、巨旦弑父之后的心情，放在现今恐也是相通的。更不消说素盏鸣尊的恋爱故事，虽然可怕，但或许是有史以来亘古未变的。

近松的时代剧较市井剧更荒诞不经。然而毫无疑问，正因为如此，他的时代剧有着市井剧中所不具的"美感"。譬如，请想象一下日本南部海岸偶然漂来一艘船，船里载着一位中国美女的场景（《国姓爷合战》），也充分满足了我等的异国情趣。

不幸的是，高山樗牛却忽视了这些特色。近松的时代剧未必不如市井剧，只不过我们对封建时代的市井更有切身之感。元禄时代的河庄茶屋与明治时代的小茶屋相类，小春——尤其是真人扮演的小春更像明治时代的艺伎，这些容易令近松的市井剧给人以真实感，然而数百年后——即封建时代的市井也成了梦中追想，再回顾近松的净琉璃剧，我们或许会发现其时代剧也未必逊色。且时代剧描绘了市井剧同一时代的大名的生活，但我们感受不到与市井剧相近的真实感，只是因为封建时代的社会制度使我们无缘接近大名的生活。令人感到不可思议的是，九重天上之一人元良[1]竟也爱读近松的净琉璃，或许是对近松的出身或市井事件抱有好奇心，然而近松的时代剧也是能令人对元禄时代上流阶级的生活有所感受的。

我一边观看人偶剧，一边想到以上这些。人偶剧如今似陷入衰微，据说净琉璃剧也已不再依原作演出了。不过对我而言，较之新剧还是它们更有情趣。

二十三 模仿

西洋人对擅长模仿的日本人很是蔑视，不止如此，他们也蔑视日本的风俗、习惯（或是道德），觉得很滑稽。我读堀口九万一[2]氏翻译的法国小说《阿

---

[1] 一人元良：天子一人，这里指日本天皇。
[2] 堀口九万一（1865—1945）：日本政治家、汉诗人、随笔家，著有《游心录》《外交与文艺》等。《阿雪》是荷兰作家艾伦·福雷斯特所写的以日本为舞台的小说，芥川龙之介称其为法国小说，应是误记。

雪》的梗概，才想到这一事实。

日本人长于模仿，我们的作品也是模仿西洋人的作品，这是不争的事实。然而他们同我们一样擅长模仿。惠斯勒在油画中没有模仿浮世绘？不，他们之间也彼此模仿。再向前追溯，伟大的中国为他们提供了多少先例？他们或他们的模仿或许应称为"消化"。若是"消化"，则我们的模仿也是"消化"。同是水墨画，日本的南画并不等同于中国的南画。一如文字所示，我们的路边小摊也在"消化"炸猪排。

倘若将模仿作为一条捷径，没什么比模仿更优之捷径。我们不认为有必要挥舞祖先传下的名刀，同他们的坦克、毒气战斗。即使在物质文明显得不那么重要的时代，人们也会自然而然进行模仿。事实上，古代身穿轻罗的希腊、罗马等温暖国度之民，今天也穿着北狄发明的、更适于御寒的洋服。

我们的风俗习惯在他们眼中显得滑稽，这丝毫也不奇怪。他们对我们的美术——尤其是对工艺美术颇有赞赏，不能不说这是因为亲眼看到了的缘故，而我们的情感和思想，他们未必能够轻易看见。江户末期英吉利公使阿礼国看见艾灸的儿童，嘲笑我们因迷信而自找苦吃。我们寄寓于风俗习惯中的情感和思想即使今天——出现了小泉八云的今天——对他们而言仍然无法理喻，不消说，他们对我们的风俗习惯会不禁失笑。与此同时，我们也觉得他们的风俗习惯可笑。譬如，埃德加·爱伦·坡只因是个酒豪（或被疑为酒豪），死后名声坠落。而在以"李白斗酒诗百篇"为荣的日本看来，是非常可笑的。虽说彼此轻视是无法避免的事情，但毕竟是可悲的事情。其实，我们常常从自己身上也会感到此种可悲，不过，我们的精神生活大抵是"新我"对"旧我"的格斗。

然而，我们对他们较他们自己更多几分了解（这对我们或许是不光彩之事），而他们则对我们不屑一顾。在他们看来，我们是未开化之人，并且生活在日本的他们，未必能代表他们所有人，或许不足以成为支配世界的他们的样本。不过，我们确实因为有丸善书店而了解了他们的灵魂。

顺便补充一点，他们在本质上同我们并无什么差别。我们（和他们一起）都是世界这艘方舟上的一群两脚兽,且方舟之上绝不是光明世界,我们日本人所乘坐的船舱时时还要遭受地震袭扰。

很可惜,堀口九万一氏的译载尚未讫了,且没有刊载他的评论。然而仅这些已令我有所感触,故此提笔写下了这些。

二十四 为代笔辩护

"古代画家有众多杰出弟子。近代画家没有,是因为他们或为金钱计,或为高远之理想而教授弟子。古代画家教授弟子,则是为了让他们代笔,于是将秘技悉数传授给弟子,弟子杰出也就不足为怪了。"塞缪尔·巴特勒此番话从一个方面揭破了某些真相。天赋之才自然不会由此滋萌,不过却常能由此而被激发。近来得知福楼拜为指导莫泊桑不知费了多少心思(福楼拜读莫泊桑文稿时,对前后两篇文章结构相同都要指摘),可并非所有人都能指望有此殊荣的(即使弟子颇具才能)。

今日的日本，既对艺术产品需求大，且对作家而言，不大量产出就会有衣食之忧。然而产出增加大抵导致质量的下降。因此，像古人那样由弟子代笔，或许还能催生出若干才子。封建时代的戏作者[1]自不消说，明治时代的新闻小说家也未必没有走过这条捷径。美术家——譬如罗丹——的部分作品就是由弟子代劳的。

此种渊源有自的代笔今后或许仍会延续，并且也未必会使一个时代的艺术变得恶俗。弟子修得长技后，独立门户自然无妨，或者也可袭师匠之名号，以二代目、三代目自称。

不幸的是，我没有机会请人代笔，然而，给别人代笔的自信还是有的。唯一难处在于，给别人代笔无疑较自己创作更费事。

---

1 戏作者：日本江户后期统称各类通俗小说为戏作，戏作者即专门写作此类作品的人。

二十五 川柳

"川柳"[1]乃日本的讽刺诗。然而川柳遭轻视并非因它是讽刺诗,毋宁说是"川柳"这个名称江户趣味过重,似乎不像文艺倒像是其他别的。或许人所周知,最早的川柳接近俳句,而俳句中也有接近川柳的作品。初版《鹑衣》中横井也有[2]的俳句或许就是最明显的例子,它与香艳十足的川柳集《末摘花》一般无二。

　　赴吊怯寒酸,可恨曙中莲。

谁也不能否认,这样的川柳接近俳句(莲花自然是人造假花)。并且,后世的川柳也非全都恶俗,它们在谐谑之中展现了封建时代市井庶民的内心世

1　川柳:形成于日本江户中期的一种十七音杂俳,与俳句近似但无季语等规定,且多用口语。
2　横井也有(1702—1783):日本江户中期俳人,本名时般,著有俳文集《鹑衣》。

界——欢喜与悲哀。若说其恶俗，则不能不说，当今的小说、戏剧同样是恶俗的。

小岛政二郎氏曾指出川柳中的官能描写，后世或许会指出川柳中的社会性苦闷。我于川柳是外行，然而川柳也定会像抒情诗、叙事诗一样，走过浮士德的面前，虽然身披的是传自江户的夏裯。

> 你们知不知道，
> 什么才使我诗人适意？
> 让我也来唱唱和谈谈，
> 谁也不愿意听的东西。

二十六 诗歌形式

童话里的公主在城堡中沉睡数年。除了短歌和俳句，日本诗歌的形式也如童话里的公主一般。《万叶集》的长歌且不说，催马乐[1]、《平家物语》、谣曲、净琉璃等都是韵文，其中一定沉睡着若干诗歌形式。我在别处写过，谣曲显现出与今日诗歌相近的形式，是因为我们的语言中存在某种必然的韵律（今日之所谓民谣，至少大部分在形式上都与都都逸[2]相同）。发现沉睡的公主已是一件令人十分感兴趣的事情，更何况唤醒公主。

当然，今日之诗歌——用老派的语言说，是新体诗——或许自然而然正走在这条路上。要承载今日的情感，昨日的形式是否已一无用处？我并非主张蹈袭过去的诗歌形式，唯觉得那些形式中含蕴着某种尚具生命力的东西，同时想呼吁今后应当更自觉地把握它。

从任一方面来说，我们都生活在激烈变革的过渡时期，因此矛盾重重。较之东方，光或许自西而

---

[1] 催马乐：形成于平安初期的一种歌谣形式，以中国唐乐曲调配以唱词，现已基本失传。
[2] 都都逸：形成于江户末期的一种口语定型诗，其原型是配以三味线演唱的俗曲。

来——至少日本如此。然而光也可来自过去。阿波利奈尔[1]等人的接龙诗作接近元禄时代的连句,但完成度则差数个等级。唤醒公主,当然不是任何人都可做到的,然而只要出现一个斯温伯恩[2]——或者出现一个更强有力的"片歌[3]守路者"……

日本昔日的诗歌中,闪动着某种绿色东西、互相呼应的东西——我无法把握它,也无法令其甦生,可在感受它的存在方面我并不落后于人。此种问题或许只是文艺的细枝末节,然而我却莫名地被某种朦胧的绿色深深吸引。

---

1 阿波利奈尔(1880—1918):法国诗人、小说家、剧作家,著有《醇酒集》《加利格朗姆》等。
2 斯温伯恩(1837—1909):亦译史文朋,英国诗人、剧作家、评论家,著有《诗歌与民谣》等。
3 片歌:日本古代歌谣的一种体式,以五七七的三句十九音构成,多为问答形式。

二十七 无产阶级文艺

我们无法超越时代,也无法超越阶级。托尔斯泰谈到女人的话题时毫无讳忌,足以让高尔基坐立难安。高尔基在与弗兰克·哈里斯[1]的问答中诚实地讲述了自己的感受:"我比托尔斯泰更重视礼仪。如果我学托尔斯泰,他们会解释为这是我的本性——平民出身使然。"哈里斯对这句话加了注解:"这一点——因平民出身而羞愧,暴露出高尔基依旧是平民。"

中产阶级中确实诞生了许多革命家,他们的理论和实践体现出他们的思想,然而其灵魂真的超越了中产阶级?路德反抗罗马天主教,且看见了妨碍他事业的恶魔,他的理智应该是新的,然而他的灵魂仍不得不注视着罗马天主教的地狱。不只在宗教方面如此,在社会制度方面同样如此。

---

[1] 弗兰克·哈里斯(Frank Harris,1856—1931):爱尔兰裔美国作家、出版家,著有《我的生活与爱情》《王尔德之生平与自由》等。

我们的灵魂被打上阶级烙印，然而束缚我们的不只有阶级。从地理上说，大至日本，小至一市一村，我们的出生地也会对我们有所束缚，其他若遗传、境遇等因素一并考虑，我们不禁为自身的复杂性而惊叹（何况创造了我们的各种因素，不见得都会浮现于我们的意识中）。

卡尔·马克思暂且不说，自古以来的女子参政论者都有贤妻相伴。若科学的产物都显示出这样的条件，则艺术作品——尤其是文艺作品必定会显示出所有的条件。我们和不同天气下、不同土壤上生根发芽的草儿一样，我们的作品也如同具备了无数条件的草种，倘若以神的眼光看，我们的一篇作品便显示了我们的全部生涯。

无产阶级文艺——所谓的无产阶级文艺是什么？当然，首先能想到的，是从无产阶级文明中绽放花朵的文艺，这类文艺当今日本没有；其次能想到的，是为无产阶级而战斗的文艺，日本未必没有（若瑞士是邻国，或许会诞生更多）；第三种能想到的，是即使没有共产主义或无政府主义，但仍是根植于无产阶级灵魂的文艺。第二种无产阶级文艺当然未必不能与第三种无产阶级并存。如果要诞生一些新的文艺，就必须是从无产阶级灵魂诞生的文艺。

我站在隅田川河口，看着汇集于此的帆船、驳船，忽然想到当今日本尚无任何人吟唱过这种"生活的诗"。吟唱此种"生活的诗"，必须待这样的"生活者"出现，至少须与这样的生活者长期打成一片。将共产主义、无政府主义思想加入作品中并非难事，然而欲使作品带有煤炭般乌黑发亮的诗的庄重感，说到底只能仰赖无产阶级的灵魂，英年早逝的菲利普就拥有这样的灵魂。

福楼拜在《包法利夫人》中深刻刻画了布尔乔亚的悲剧。然而福楼拜对布尔乔亚的轻蔑并没有使《包法利夫人》不朽，使作品不朽的唯福楼拜的高超技巧而已。菲利普除了无产阶级的灵魂，还拥有娴熟的技巧。如此说来，所有艺术家都须努力臻于完美，所有完美的作品必结晶如方解石一般，成为我们子孙的遗产，即使经受风化……

国木田独步 | 1871—1908

二十八 国木田独步

国木田独步是才子,外界加于他的"笨拙"一词并不准确。他的任何一部作品都绝非笨拙之作,《老实人》《巡警》《栅门》《非凡的凡人》……均写得十分巧妙。倘若说他笨拙,菲利普也可说是笨拙的了。

然而独步被称为"笨拙"也非全无理由。他不写所谓情节富于戏剧性的故事,也不写长篇巨作(自然,这两类他都没有写),"笨拙"之非议或许即源出于此。然而他的天才,或者说部分天才,也正由此而可得见。

独步拥有聪颖的头脑,同时拥有柔软的心脏。不幸的是,它们在独步身上无法调和,因此,他是个悲剧性的人。二叶亭四迷[1]、石川啄木也是这样的悲剧中人,不过二叶亭四迷没有他们那样柔软的心脏(或者说较他们更具顽强的行动能力),因此其悲剧也较他

---

[1] 二叶亭四迷(1864—1909):日本小说家、翻译家,本名长谷川辰之助,著有《浮云》《面影》等。

们更平和。二叶亭四迷的整个生涯或许都陷于这种不是悲剧的悲剧中……

再看独步，因为拥有聪颖的头脑，他不得不俯视地面；又因为柔软的心脏，而不得不仰视天空。前者催生了他的《老实人》《栅门》等短篇，后者催生了《非凡的凡人》《少年的悲哀》《画之悲》等短篇。自然主义者与人道主义者都喜爱独步，并非偶然。

拥有一颗柔软心脏的独步不消说自然是诗人（这不一定非指他写了诗），且他与岛崎藤村[1]、田山花袋[2]等诗人不同，他的诗中既找不到田山氏近似大河般的诗，也找不到岛崎氏宛似花田般的诗，他的诗更为急促。独步正如他一首诗中所写的那样，总是在呼唤"高峰的云啊"。据说少年时代的独步爱读卡莱尔《论英雄》，或许是卡莱尔的历史观影响了他，然而更加自然的应是卡莱尔的诗性精神感染了他。

---

1 岛崎藤村（1872—1943）：日本诗人、小说家，本名春树，著有诗集《嫩菜集》《落梅集》《破戒》《黎明之前》等。
2 田山花袋（1871—1930）：日本小说家，本名录弥，著有《棉被》《乡村教师》等。

然而如前面所说,他拥有聪颖的头脑,诗篇《自由存山林》自然而然地演变为小品文《武藏野》。一如题示,武藏野是一片平原,但无疑透过杂木林还有远处的群山。德富芦花[1]的《自然与人生》和《武藏野》恰成鲜明的对比。在写生自然这一点上两者并无相异,但后者带有沉痛的色彩,且带有包含广袤的俄国在内的东方的传统色彩,似是而非的命运因此色彩而使《武藏野》焕然一新(许多人踏上独步所开拓的武藏野之路,但我记得的唯吉江孤雁[2]氏一人。吉江氏当时的小品集如今已消失于"书籍的洪水"中,然而,那是近似梨花般极富朴素之美的作品)。

独步立足于地面,然后——像所有人一样——直面野蛮的人生,但他内心的诗人永远还是诗人。聪颖的头脑使他在濒死之际仍能写出《病床录》,并且

---

1 德富芦花(1868—1927):日本小说家,本名健次郎,著有《不如归》《黑潮》等。
2 吉江孤雁(1880—1940):日本诗人、小说家、翻译家、评论家,名乔松,号孤雁,著有《自然美论》《山岳美观》《旅窗读本》等。

还写出了散文诗《沙漠之雨》。

独步的作品中，若列举完成度最高者，或许仅有《老实人》《栅门》。然而，这些作品未必展示了独步诗人兼小说家的全部风貌，我从《狩鹿》等小品中发现了最和谐——或者说最幸福的独步（中村星湖[1]氏的早期作品接近独步此类作品）。

自然主义的作家们都在努力前行，唯独步一人，不时腾上半空……

二十九 再答谷崎润一郎氏

读了谷崎润一郎氏《饶舌录》，决定再写下这篇文章。当然，我的目的不仅是回应谷崎氏一人。然而不带私心开展论争的对手这世上几近于无，但我发现，谷崎润一郎氏是最合适的人选。于谷崎氏而言，

---

[1] 中村星湖（1884—1974）：日本小说家、翻译家，名将为，著有《半生》《漂泊》《遗失的指环》等。

这或许是不受欢迎的恭维,然而拙论若能如点心般供君消遣,我便心满意足矣。

不朽之物不只艺术,我们的艺术论同样不朽。艺术是什么?这个问题我们可能永远都会讨论不歇。想到此,我的笔着实有些踌躇。然而,为阐明我的立场,先玩一会儿理念的"乒乓游戏"。

(一)或许如谷崎氏所说,我总是左顾右盼。不,应该就是这样的。不知因为什么孽缘,我缺乏一往直前的勇气,即使偶尔鼓起勇气,也大多是干什么什么失败,提出没有像样"故事"的小说之类或许便是一例。然而正如谷崎氏所引,我说过"是否纯粹这一点决定了艺术家的价值",这同不认为没有像样"故事"的小说才是最佳的话并不矛盾。我试图观察小说和戏剧呈现了多少纯粹艺术家的面目(没有像样"故事"的小说——譬如日本记述文一脉的小说——未必都呈现出纯粹艺术家的面目)。以上数行,足以回答谷崎氏所指摘的"所谓诗性精神,其意义不甚了了"。

(二)我自认理解了谷崎氏所谓的"构成力"。我并不否认日本的文艺——尤其当今的文艺——缺少此种构成力。然而，若如谷崎氏所说，则此种能力未必只显现于长篇中，我前面列举的诸位作家也拥有这种能力。当然，这是相对而言的，依据某个标准讨论其有无这也是无奈之举。谷崎氏又说我不如志贺直哉氏的原因"在于缺少肌体力量感"，对此我实在不敢苟同。谷崎氏比我自己更抬举我。"我们不必说自己的缺点，即使自己不说，别人也会指出来的。"梅里美在他的书信中引用了这句老外交家的话，我也打算至少部分遵守这一教诲。

（三）"歌德的伟大之处在于境界恢宏，且不失纯粹。"谷崎氏的评价深中肯綮，对此我也没有异议。然而，有杂驳的大诗人，却没有不纯粹的大诗人，因此，若要使诗人成为大诗人——至少给后世留下大诗人之名——仍要归结到杂驳这一点。谷崎氏或许感觉"杂驳"一词低俗，那是因为我们格调不同。我用"杂驳"谈论歌德，但并不隐含"嘈杂"的意思，若依谷崎氏的用词，可以说同"包容力大"意思相同。然而"包容力大"这一点，在评价古今诗人时似乎并不怎么重视。视波德莱尔、兰波为大诗人的众人，不会给雨果冠以光环，对他们的心情我深有同感（原来歌德具有挑动我们嫉妒的魔力，对同时代的天才不怀嫉妒的诗人们，却有许多对歌德心存郁愤。不幸的是，我连表达嫉妒的勇气都没有。根据歌德传记称，他在稿酬、版税之外还有养老金和津贴。暂且不说他的天才，也不说有助于其天才发挥的环境和教育，更不说令他得以保持旺盛精力的生身健康，仅此一点，想必不止我一人会深感羡慕吧）。

（四）这不是针对谷崎氏的答复，只是对谷崎氏所说我等观点相左在于"彼此的体质存在差异"之语发一点感慨而已。谷崎氏喜爱的紫式部[1]日记中有这样一段文字："清少纳言[2]其人，一副自得之色，心高气傲，装腔作势喜书汉字，然仔细查考，不敷之处在在皆是。自以为秀出于众者，其必逊色于人，了局堪虞……为人虚浮者，焉能善终？"我不会以男子气概

---

[1] 紫式部（约978—约1016）：日本平安中期作家，著有《源氏物语》。
[2] 清少纳言：日本平安中期歌人，著有《枕草子》。

不让须眉的清原家少女自居，然而读了这段文字（即使紫式部之科学教养尚未进步至可以谈说体质差异的程度），我不禁深感谷崎氏训诫之切。今次再答谷崎氏并发此番感慨，暂且不问观点是非，不只因其《饶舌录》文章节奏宏大，还因为想起数年前深夜，在汽车中为我解释何为艺术的谷崎润一郎氏。

三十　"野性的呼声"

以前我在光风会展看到高更《塔希提少女》，感受到某种拒我千里的东西。一个壮实的女人立在装饰性背景前，橙色皮肤散发出一种视觉性的野蛮人气味，这已然令我扫兴，加之人物与身后背景之间的不协调，更令人感觉不快。美术院画展的两幅雷诺阿，任何一幅都胜过这幅高更，那件小尺幅的裸女画尤为迷人——我当时想。然而随年月流逝，那位高更画中的橙色女人越来越震慑住了我，近乎被一个活生生的塔希提女人凝视的震慑。当然，法国女人对我的魅力也未失去，倘论画面美感，我至今仍选择法国女人而非塔希提女人……

我在文学中也感受到这种近似矛盾的情感。各家文艺评论中，似也存在塔希提派和法国派。高更——至少我眼中的高更——在橙色女人身上表现了一匹人兽，且表现得比写实派更为深刻。某位文艺批评家——例如正宗白鸟氏，基本以是否表现出一匹人兽作为评价尺度；而另一位文艺批评家——例如谷崎润一郎氏，则基本以包含一匹人兽在内的整体画面美感作为评价尺度（其实各家文艺评价的尺度未必仅限于这两者，还有实践道德性尺度，也有社会道德性尺度，不过我对那些尺度没有太大兴趣，并且我相信，即使没有那些尺度也不足为怪）。当然，塔希提派与法国派未必势不两立，两者的差别就如地球上的所有差别一样模糊不清。不过暂且举出两端的话，则不能不承认两者略有差别。

依据所谓"歌德·克罗齐·斯宾加恩商会"的美学，这种差别在"表现"一词面前，即如雾岚一般消散不存。然而事实上，在完成某件作品时，我们——

或者说我——常常被抛至岔路口，经典作家们一度巧妙地通过了这样的岔路，我等群小之徒不及他们之处或许就在于此。雷诺阿——至少我眼中的雷诺阿——在这一点上，或许较高更更接近经典艺术家。然而，橙色的雌性人兽不可思议地吸引着我，难道只我一人感受到了这种"野性的呼声"？

我与同时代所有造型美术的爱好者一样，为充满怆痛感染力的凡·高而倾倒，但不知不觉中，我对极具美感的雷诺阿开始感兴趣，这或许是我内心的都市人作祟的结果，同时也未必没有和轻视雷诺阿的时俗故意作对的因素。十数年过去，画面优美的雷诺阿依旧深深打动我，而凡·高的杉树和太阳又再次吸引了我，或许与橙色女人的吸引不同，可是，莫名逼近我内心所谓刺激我的艺术食欲的神秘东西是相同的，某种急切地在我们灵魂深处寻求表达的东西……

一如我对雷诺阿有种恋恋之情，我也喜爱文艺作品中的优美之作。漫步于"伊壁鸠鲁的花园"者，很难轻易忘却其魅力，尤其我等都市人对此最难拒抵抗。当然，无产阶级文艺的呼声未必不能打动我，然而与之相较，这个问题则是从根本上打动了我。纯粹无垢对任何人而言都很难做到，但至少从表面看，我所认识的作家之中有人已臻此境，对这样的人我总是多少心怀畏羡……

根据某些人给我所贴标签，我是所谓的"艺术派"（全世界恐唯有日本才有此种名称及产生此种名称的氛围）。我写作并非为健全自我人格，更非为革新当今的社会组织，我写作只是为完善我内心的那个诗人，或者说只为成为诗人兼记者，因此对"野性的呼声"我不会充耳不闻。

一位友人读了我对森先生诗歌流露不满的文章，指责我在感情上对森先生刻薄。我至少并非故意对森先生抱有敌意，不，毋宁说我对森先生十分敬佩。我是真的敬羡森先生。森先生不像拉车的马儿那样只看前方的作家，然而凭借着意志力，却从不左顾右盼。《苔依丝》中的巴弗努斯不向神祈祷，而向拿撒勒的人子基督祈祷。我始终觉得难以接近森先生，或许也因为有此与巴弗努斯相似的叹息。

三十一 "西洋的呼声"

我从高更的橙色女人画中感受到"野性的呼声",又从雷东的《佛陀》中感受到"西洋的呼声"。我被这"西洋的呼声"所感染。谷崎润一郎氏也意识到了自我内心的东西洋相克,然而我所说"西洋的呼声"同谷崎氏的"西洋的呼声"或许若干有异,因此我决定写一写自己感受到的"西洋"。

"西洋"往往在造型美术中召唤我,而文艺作品——尤其散文——出乎意料在这一点上感受却并不深切。原因之一在于我们人类是人兽,东西方差别甚微(随手引一手边实例,某医学博士凌辱少女的事件,其男性心理与神父塞尔吉乌斯[1]对待平民女孩毫无二致);其次是因为我们的语言素养不足以领悟文艺作品中的美,我们——至少我——能理解西洋人所写诗文的意思,然而对我们祖先所写的诗文——例如凡兆的"樛枝袅袅兮,杨柳舞曼妙",却无法体

---

1 塞尔吉乌斯:基督徒常用的一个名字。

味到每字每音的妙处。西洋通过造型美术召唤我，或许并非偶然。

根植于"西洋"根底的，永远是无法捉摸的希腊。一如古人所言，水之冷暖，饮者自知。希腊亦是如此。若以最简短的方式介绍希腊，我会推荐去看日本收藏的几件希腊陶器，或者看看希腊雕塑的图片。那些作品的美，代表了希腊众神之美，无论如何，它们能令人领略官能之美——即所谓肉感之美——中所包含的只能叹之为超自然的魅力。这种渗入石头、仿佛散发着麝香或某种无以名状的气息的美，在诗歌中同样存在。我读保尔·瓦莱里[1]时（不知西洋人批评家如何评价他），邂逅了波德莱尔自始至终令我感动的那种美，然而最直接地令我对希腊有所感受的，还是前面所说雷东的那幅画……

围绕希腊主义和希伯来主义在思想上的对立，产生了各种争论。我对那些争论没有兴趣，至多像听

---

1 瓦莱里（1871—1945）：法国诗人，著有《旧诗集存》《年轻的命运女神》《幻美集》等。

街头演讲一样听听而已。然而这种希腊式的美，即使身为门外汉，也不妨碍我对其心怀畏惧。我只在其中——希腊之美中——感受到与我们东洋对立的"西洋的呼声"。贵族或已让位于布尔乔亚，布尔乔亚迟早也将让位于无产阶级，然而只要西洋存在，不可思议的希腊仍将对我们——或我们的子孙——有着强大的吸引力。

写此文章时，我想起了古代自亚述传入日本的竖琴。或许伟大的印度能让我们实现东洋与西洋握手，但这是未来的事，西洋——最西洋的希腊——现今尚未与东洋握手。海涅在《流亡的众神》中写希腊众神背负十字架被放逐，避居西洋一隅，可即使身处僻壤，毕竟仍在西洋，他们片刻也不可能身处东洋。西洋即使受过希伯来主义洗礼，其血脉依与我们东洋有异，最典型的例子或许是色情文化，他们对于肉感的审美情趣同我们大相径庭。

有些人从终结于一九一四、一九一五年前后的德国表现主义中发现了他们的西洋，更多人从伦勃朗、巴尔扎克中发现了他们的西洋，事实上，秦丰吉[1]氏从洛可可时代的艺术中发现了他的西洋。我并不是说如此种种西洋不是西洋，然而所有这些西洋背后始终令人恐惧地鹗立着一只睁着眼睛的不死鸟——不可思议的希腊。恐惧？或许不是恐惧，只是一边莫名的抗拒，一边却不由自主被渐渐吸引过去的近乎动物磁性的感觉。

倘若可装作看不见，我想对此"西洋的呼声"闭目塞耳。然而这未必能使我自由。就在四五日前的某夜，我与室生犀星氏等人久违地衔着烟斗同年轻人倾谈间，忽然想起了遗忘十数年的波德莱尔的一行诗（对我而言，这也是实验心理学上饶有趣味的实例），然后想起了充满不可名状的庄严感的雷东的那幅画。

这"西洋的呼声"也同"野性的呼声"一样，召唤我去往他方。从阿波罗与狄俄尼索斯的对立之中发

---

[1] 秦丰吉（1892—1956）：日本实业家、小说家、翻译家，著有《我的弥次喜多》《菜花渍》等，译有《少年维特的烦恼》《浮士德》等。

现偶像"查拉图斯特拉"的诗人是幸福的。生于当今之日本，仅以文艺而论，我也感觉自身存在着无数的分裂，这难道仅限于我——极易受一切事物的影响——一人？我以为，正是不可思议的希腊这一最具西洋性的文艺作品，妨碍了我们将西洋文艺译成日文，或者说妨碍了我们日本人正确理解它（语言自身的障碍暂且不说）。一幅雷东——不，在这一点上，曾于"法国美术展览会"展出的莫罗的《莎乐美》也令我不由得想到隔绝东西方的大洋。倘若逆向思考这个问题，西洋人不理解汉诗也只能说是理所当然的。我曾一星半点听说，大英博物馆有位东洋学者，其汉诗英译对我们日本人而言完全未传达出原作的醍醐味，且他的诗论贬盛唐而扬汉魏，虽然对前人定说有所突破，却难以让我们日本人首肯。毕加索在黑人艺术中发现了新的美，但他们何时才能从东洋艺术——譬如大愚良宽[1]的书法——中发现新的美？

1　良宽（1758—1831）：日本江户后期僧人、歌人、书法家，俗名山本荣藏，号大愚，有歌集《莲之露》传世。

三十二　批评时代

批评与随笔的流行，从另一面显示出创作的萎靡不振——这并非我的论点，是佐藤春夫氏的观点，同时也是三宅几三郎[1]氏的观点。我对两位不谋而合的观点颇感兴趣。两位的观点应该说切中肯綮。当今的作家确如佐藤氏所言，疲顿不堪（当然，自称并不累的作家除外）。或因无休止创作（全世界没有日本文坛这样强迫作家粗制滥造的），或因身边杂事，或因不幸的年老力衰，或因——情况虽各有不同，总之或多或少创作颓惰。事实上，西洋作家中，晚年还执笔撰写批评文章消遣时光的，为数不少……

佐藤氏强调，当此批评时代，批评更须深及根本。三宅氏要求"最有价值的批评"，与佐藤氏大同小异。我也希望诸位论者的批评笔下见血见肉。什么才是批评的根本？或许各人各说，各人各说之中，出

---

[1] 三宅几三郎（1897—1941）：日本小说家、翻译家，著有《山灵》等，译有《呼啸山庄》《名利场》等。

现所谓"真正的批评",事实上或许会很难,然而各人各说无疑会叩问我们的信条与怀疑。正宗白鸟氏在《文艺评论》和《关于但丁》中出色地做到了这一点,或许正宗氏的论点从批评角度说稍嫌不足,然而后人总会如拉萨尔[1]所言,"原谅我们的热情,而非咎责我们的过失。"

三宅氏说:"将批评完全交与小说家之手,恐反而会阻碍文学的进步发展。"我读此段话时,想到波德莱尔说过:"诗人本身即是批评家,批评家本身却未必是诗人。"事实上,诗人无疑自身即内藏了一个批评家,至于这个批评家的批评是否具有成为文艺上的某种批评形式的能力,则是另外的问题。期待出现三宅氏所谓的"真正的批评家"的,应该不止我一人。

只是日本的巴纳斯山[2]囿于旧习。譬如诗人室生

---

1 拉萨尔(1825—1864):德国政治学者、哲学者、法学者、劳工运动指导者,著有《劳动者纲领》等。
2 巴纳斯山:代指文坛。

犀星氏创作的小说、剧本，那些绝非余技，奇怪的是小说家佐藤春夫氏不时写诗，却被视为余技（我记得佐藤氏曾愤慨地道："我的诗并非余技！"）。若举出与"小说家万能"之说法相当的事实，这便是其中之一。小说家兼批评家的情况也与此相同。我读《森鸥外全集》第三卷，得知批评家森先生是如何凌驾于当时的"专业批评家"之上的，与此同时，也明白了缺乏批评家的时代是多么黯寂。如果历数明治时代的批评家，我想将子规居士和森先生、夏目先生并举。东京的机灵鬼斋藤绿雨虽左手借得森先生的西学、右手借得幸田先生的和汉之学，终究未能入批评家之境（我始终同情了随笔没有其他成就的斋藤绿雨，他至少是个文章大家），不过这是余论了……

批评家森先生为自然主义文艺勃兴的明治时代做了准备（但满悖论的命运却使先生在自然主义勃兴的时代成为一名反自然主义者，或许因为先生的目光望向了更高远的天空。但说到底，在明治二十年代言必称左拉、莫泊桑的森先生，竟然也成了反自然主义者，这本身就是悖论）。倘若将当代称作批评时代——三宅氏说："对于将到来的日本文学的繁荣期，我们不感到近乎绝望吗？"若这只是三宅氏个人的感慨则幸甚——我们将放心地期待新作家的诞生，或者说，不安地期待新作家的诞生。

所谓"真正的批评家"，应该是为了留下禾米去除稻壳而拿起批评之笔的。我有时也感觉自己内心怀有这种弥赛亚式的欲望，但那大抵是为了自身——为了理智地歌颂我自己。在这一点上，批评对我而言与写小说、吟俳句几无区别。读佐藤、三宅两位的评论，为了给我的批评加一序言，草成此篇文章。

追记：写毕此文后，得堀木克三[1]氏指点，得知宇野浩二氏的批评文章使用过"文艺的，过于文艺的"的标题。我既非故意模仿宇野氏，更无意结成针对无产阶级文艺的统一战线，仅仅为讨论文艺方面的问题而随意取了这样的标题，宇野氏想必会谅解我的

1　堀木克三（1892—1971）：日本评论家，著有《暮色渐重的公园》等。

心情罢。

三十三 "新感觉派"

现在来谈论"新感觉派"之是非，或许已经不合适，但我读了"新感觉派"作家们的作品，又读了批评家们对这些作品的批评，总想写点什么。

至少就诗歌而言，无论哪个年代，或许都因"新感觉派"而有所进步。室生犀星氏说过："芭蕉是元禄时代最伟大的新人作家。"这一断言无疑十分真确，芭蕉在文艺上总是不断求新。既然小说、戏剧等体裁中均包含诗歌要素——广义上也是诗歌，就应该始终期待"新感觉派"。我记得北原白秋[1]氏曾经多么"新感觉派"（"官能的解放"是当时诗人们的口号），也记得谷崎润一郎氏曾经多么"新感觉派"……

---

1 北原白秋（1885—1942）：日本诗人、歌人，著有诗集《邪宗门》等。

当然，我对现今的"新感觉派"作家也抱有兴趣。"新感觉派"作家们——至少其中的论客们——发表了较我所想象的更加新颖的理论，不幸的是，我并不十分了解。然而若只谈"新感觉派"作家的作品——或许我也不了解。我们发表作品时，被冠以"新理智派"的名号（不过我们自己从不曾用过这名号），但"新感觉派"作家的作品在某种意义上应该说较我们的作品更接近"新理智派"。何谓"某种意义"，就是他们的所谓感觉带有理智之光。我与室生犀星氏一同在碓冰山口赏月时，忽听室生氏说妙义山"像一块生姜"。随后我发现，妙义山确实极像一块生姜。这种所谓的感觉并不带有理智之光。然而他们所谓的感觉——譬如横光利一[1]氏为我引用藤泽桓夫[2]氏所写"马儿像褐色的思想般驰向远方"——其中有一种感觉跳跃。这种跳跃我并非完全不能理解，但这一

1　横光利一（1898—1947）：日本小说家，著有《太阳》《上海》《机械》《旅愁》等。
2　藤泽桓夫（1904—1989）：日本小说家，著有《新雪》《青色蔷薇》《白兰红兰》等。

句显然建立在理智的联想之上。他们为感觉赋予了理智之光,其现代特色或许就在于此。然而,若所谓的感觉以追求新颖为目标,就必须较感觉妙义山像一块生姜更新颖,在感觉上要超过早在江户时代就已有的生姜之感。

"新感觉派"的出现是必然的。但也如同所有(文艺上的)新事物一样,绝非易事。前面说过,我对"新感觉派"作家的作品——更应该说他们所谓的"新感觉"碍难敬服,然而批评家对他们作品的评价恐也失之苛酷。"新感觉派"作家们至少朝着新的方向前行,这一点任何人都必须承认,对这种努力一笑置之不只是对现今被称作"新感觉派"作家的打击,对于他们今后的成长甚至追随其后的"新感觉派"作家们树立坚定的目标,也是一种打击,这显然无益于日本文艺的进步。

不论被冠以何种称呼,具有所谓"新感觉"的作家今后仍会涌现。记得十数年前,我同久米正雄氏一起观赏"草土社"的展览之后,久米氏感叹道:"这院中的扁柏,也好像有'草土社'的风格,真不可思议啊。"觉得景物似有"草土社"风格，正是十数年前的所谓"新感觉"。期待明日的作家们发扬这种所谓"新感觉"，未必是我的草率之念。

倘若真正想在文艺上求"新"，或许除了此种"新感觉"，别无其他（新颖之类无关紧要的观点当然不在这个问题范畴内）。即使所谓具有"目的意识"的文艺，若暂且不问"目的意识"本身的新旧（要论新旧的话，萧伯纳的出现早在一八九〇年代），其实也是众多前人所走过的道路。何况我们的人生观——于伊吕波纸牌[1]中恐已历数可尽——之新旧，并非文艺性——或是艺术性——的新旧。

我知道所谓"新感觉"很不为同时代的人理解。譬如佐藤春夫氏的《西班牙犬之家》至今仍未失去新意，更遑论刊载于同人杂志《星座》时曾是何等的新颖，然而该作品的新意却完全不能打动文坛，以致我猜想，佐藤氏自身是不是也怀疑这部作品的新意——

---

1 伊吕波纸牌：一种日本儿童游戏，由48枚字牌和48枚绘牌组成，依字和绘组成一首和歌。

进而怀疑作品的价值了。当然,此种事情在日本之外想必也很多,但莫此为甚者难道不是日本吗?

三十四 解嘲

正如我一再强调的,我并未主张只写"没有故事的小说",因此,我也并未同谷崎润一郎氏立于对跖。我只是提出,此类小说也应当承认其价值。倘有论者彻底否认其价值,这样的人才是真正的论敌。我既然同谷崎氏来回论争,就不指望谁来为我撑腰(当然也不希望为谷崎氏撑腰)。我们的论争并非要争一个是非,这一点我们自己比任何人都清楚。此前见杂志广告,将我"有故事的小说"也冠以"没有故事的小说"之名,我便立即写下此文。何谓"没有故事的小说",似乎也不易被理解,我只能尽我所能解释一番,仅二三知己能正确理解我的观点,其余人只有乐天任命了。

三十五 歇斯底里

听闻歇斯底里的治疗法中有让患者写下或说出心中所想的疗法。由此联想到文艺的诞生,一点也不开玩笑地说,或许也因为歇斯底里。虎头燕颔的罗汉暂且不论,任何人或多或少都存在歇斯底里性。诗人较其他人尤具歇斯底里倾向,这种歇斯底里三千年来一直折磨着他们,他们中有人因此而死,有人因此发疯,而他们也奋力地吟唱由此带给他们的欢欣和悲伤——这是完全可以想象的。

倘若说殉教者、革命家中存在某种自虐者,则诗人中歇斯底里患者想必不会少。所谓"不写不快",一如神话中对着树洞喊"国王的耳朵是马耳朵"的神话人物的心境,如果没有这种心境,肯定不会产生《狂人辩词》(斯特林堡)等作品。且这种歇斯底里往往会风靡一时,催生出"维特""勒内"的,正是那个时代的歇斯底里。此外,将整个欧洲卷入十字军行列的——这或许不是《文艺的,过于文艺的》探讨的问题了。古来将癫痫称作"神圣的疾病"[1]，照此说来，歇斯底里也可称作"诗性的疾病"。

想象莎士比亚、歌德如何歇斯底里发作是荒唐的，如此想象或许会被认为有损于他们的伟大。然而，成就他们伟大的其实是歇斯底里之外的他们的表现力。或许对心理学家而言，他们曾几次歇斯底里发作才是问题，然而我们的问题却只在于表现力本身。写着此文，我忽生想象，远古森林中歇斯底里剧烈发作的一个无名诗人，他会成为部落众人嘲笑的对象，然而在歇斯底里激发之下他的表现力的产物，如同地下泉水，会世世代代流传。

我并非敬仰歇斯底里。歇斯底里的墨索里尼是具有国际性的危险存在，然而若任何人都不发作歇斯底里，则令我们愉悦无比的文艺作品不知会减少多少。我只想就此而为歇斯底里辩护，为曾几何时成为女人特权——事实上任何人多少都有此可能性——的歇斯底里辩护。

---

[1] 癫痫在古罗马恺撒大帝统治时期曾被称作"神圣的疾病"。

19世纪末的文艺确实曾陷入时代性的歇斯底里。斯特林堡在《蓝皮书》中将这种时代性的歇斯底里称作"恶魔所为"。究竟恶魔所为，还是善神所为，我无从得知，然而诗人们个个都是歇斯底里。读比留科夫所写传记，坚强如托尔斯泰也曾半疯而离家出走，与近日报纸报道的某个歇斯底里女性患者几乎没有两样。

三十六 人生的从军记者

记得岛崎藤村氏自称"人生的从军记者"。最近偶闻广津和郎[1]氏对正宗白鸟氏也使用了同样的表述。我知道两位所使用"人生的从军记者"一词的意思，或许有与近来的新词"生活者"相对的意义。然而严格来说，生在娑婆界，任何人都不可能是"人生的从

---

[1] 广津和郎（1891—1968）：日本小说家、评论家、翻译家，著有小说《神经病时代》《暴风雨咆哮吧》，评论集《作者的感想》等。

军记者"，不管我们是否情愿，人生都强迫我们成为一个"生活者"，不得不参与生存竞争，有人会积极投入以期获得胜利，有人会在冷笑、机智、咏叹中采取防御态度，还有人则没有明确的方向，只求"得过且过"。然而不论何种情况，事实上我们都是无奈的"生活者"，是受遗传和境遇支配的《人间喜剧》的登场人物。

我们之中有人会胜出，有人会败北，然而每一个人都年寿有期——正如佩特[1]所说，我们每个人"都是缓期执行的死刑犯"，缓刑期间如何度日是我们的自由。自由？但其中有多少自由值得怀疑。其实，我们都生而背负着种种纷杂的因缘，那种种纷杂的因缘我们自己都未必完全意识到，古人早已将这一事实以Karma[2]一言蔽之。近代所有的理想主义者，大多在挑战这种因果报应，然而他们的旗帜与长枪最终仅只展

---

1 佩特 (1839—1894)：英国小说家、评论家，著有《伊壁鸠鲁信徒马利乌斯》《柏拉图和柏拉图主义》等。
2 Karma：意为因果报应。

示出其能量而已。当然展示能量本身是有意义的。不止近代的理想主义者,我们从卡耐基身上也能切实感受到其旺盛的能量和精力,若无法感受,就没人愿意去读实业家、政治家的励志故事了。然而因果报应并不因此而丧失神威,助卡耐基蕃滋出惊人能量和精力的,正是他背负的因果报应。我们唯有对自己的因果报应俯首帖耳,倘得蒙天惠,让我们——至少让我——"放弃",也只是因为因果报应。

我们或多或少都是"生活者"。因此,对那些坚强的"生活者"会由衷地心生敬意,即我们永远的偶像非战神马尔斯莫属。暂且不说卡耐基,即使尼采的"超人"如果剥去外皮,其实也是马尔斯的变身。尼采对恺撒·博尔基亚[1]流露赞许绝非偶然。正宗白鸟氏在《光秀与绍巴》中让"生活者"中的"生活者"光秀对绍巴大加嘲笑(如此正宗白鸟氏被称作"人生的从军记者",不能不说自相矛盾),这不只是光秀一

---

1 恺撒·博尔基亚:教皇亚历山大六世的私生子,马基雅维利《君主论》即以其为原型书写。

人的嘲笑，我们也时常不假思索地发出这样的嘲笑。

我们的悲剧或者喜剧，正藏于难以坚守"人生的从军记者"之中，藏于我们背负的"生活者"的因果报应之中。然而，艺术不等于人生。维庸为留传他的抒情诗，经历了"漫长失败"的一生。让失败者失败吧，他或许违背了社会习俗即道德，又或许违背了法律，况且背负着倍于常人的社会礼仪重压。违背社会公约者，当然必须由其自己承担惩罚。社会主义者萧伯纳在《医生的困境》中选择拯救平凡的医生而非不德不义的天才，必须说，萧伯纳的态度是合乎情理的。我们喜爱看博物馆玻璃展柜中的鳄鱼标本，但尽力救一头驴而不救一条鳄鱼也不是不能理解的，动物保护协会至今未宽大到保护毒蛇猛兽亦是因此。然而，就人生而言，可以说这是个自主问题。再以维庸为例，他虽是第一流的犯人，也是第一流的抒情诗人。

曾有女人说："我家没有天才，真是幸运。"并且，她所说的"天才"丝毫没有讽刺的意味。我也因为自家没有天才而心安（自然，我说的天才属性中不包含违背道德）。生活于田园市井的芸芸众生中，许多人都较古今天才具备更多的"生活者"的美德。西洋人常以"身为人"的名义歌颂古今天才的"生活者"美德，但我不相信此种新型偶像崇拜。"身为艺术家"的维庸暂且不说，"身为艺术家"的斯特林堡值得我们阅读，然而"身为人"的斯特林堡，恐怕较我所尊敬的批评家XYZ君更难打交道。因此，我们文艺的问题最终不是"请看此人"，而是"请看他们的作品"。当然，说是"请看他们的作品"，但未及一阅，几个世纪已如大河般流逝而去，并将这些作品如草芥般冲刷得一干二净。如果我们不相信艺术至上主义（抱持此种信仰未必与写作糊口相矛盾，至少不只是为糊口而写），则正如古人所言，作诗不如种田。

我当然相信岛崎藤村氏、正宗白鸟氏不是"人生的从军记者"。尽管两位领有大家之才力，也没有道理厕身古今空无一人之阵列。我们每人内心都随带着"光秀与绍巴"，至少于我而言，在涉及自身的事情上我希望成为绍巴，而涉及他人的事情上则倾向于成为光秀。因此，我内心的光秀不见得会嘲笑我内心的绍巴,尽管想嘲笑的心情确实有几分。

三十七 经典

"被选择的少数人"是能发现极致之美的少数人,令人怀疑,毋宁说他们只是更能触摸到出现在作品中的作者心境的少数人。因此任何作品或任何作品的作者,都无法于"被选择的少数人"之外赢得读者,不过这与赢得"不被选择的多数读者"丝毫不矛盾。我遇到很多对《源氏物语》褒赞有加的人,而我交往的小说家中实际阅读过的(姑且不论是否理解和欣赏)仅两位——谷崎润一郎氏与明石敏夫[1]氏。因此被称作经典的,或许就是五千万人中极少有人阅读的作品。

然而,《万叶集》的读者远多于《源氏物语》的

---

[1] 明石敏夫(1897—1970):日本小说家,著有《父与子》《半生》等。

读者。这未必是因为《万叶集》较《源氏物语》更优秀，也并非因为两者之间横着一道散文韵文的鸿沟，只因《万叶集》中的作品一单篇来看较《源氏物语》的短许多。古今东洋西洋之经典作品中，拥有广大读者的绝非鸿篇巨制，即使长篇作品，其实也是由短小的篇什攒凑而成的。爱伦·坡主张诗歌创作应当基于这一原则，比尔斯[1]的散文创作原则也源自这个事实。我们东洋人在这一点上与其说理智使然更多是智慧使然，在无形中成为他们的先驱，可惜我们无人像他们那样基于此事实而营构起理智的建筑，倘尝试营构，至少可为长篇小说《源氏物语》的声价不失提供绝佳材料（然而从爱伦·坡的诗论中也可看出东西之差异，他认为诗歌的长度在百行左右最为适宜，十七音节的俳句之类，显然会被他斥之为"警句式"作品罢）。

所有诗人的虚荣心，不论有否明说，都是执念于让作品流传后世。不，不是"所有诗人的虚荣心"，

---

[1] 比尔斯（1842—1914？）：美国小说家，著有《魔鬼词典》等。

而是"所有发表了诗作的诗人的虚荣心"。没写一行诗却清楚自己是诗人的人未必没有(他们不论名声大小,在诗性的一生中都是最平和的人),然而,若只将因性格或境遇而创作韵文诗或散文诗者称为诗人,那么所有诗人的问题恐怕不在于"写了什么",而是"没写什么"。这对依赖稿酬生活的诗人而言,自然会陷入困境。说到困境——封建时代的诗人石川六树园[1]同时还是旅舍老板——我们若不再卖文为生,或许还可以找到什么工作,我们的阅历和识见也会更加丰富。我对仅靠卖文无法维持生计的古代时不时还有些羡慕,不过如今的时代也能为后世留下点经典吧,我们为生计而写的作品,未必就不能成为经典(若从作家的创作态度看,只"为生计而写作"是最风雅的态度),只是须如法朗士所说,若想飞向后世,条件是没有包袱。因此被称为经典的作品,或许是任何人都能轻松读懂的。

---

[1] 石川雅望(1753—1830):日本江户后期狂歌师、通俗小说家,号六树园、五老山人等,著有《万代狂歌集》《飞弹匠物语》等。

三十八 通俗小说

所谓通俗小说,是较为通俗地描写具有诗性性格的人的生活的作品。而所谓艺术小说,是较为诗性地描写未必具有诗性性格的人的生活的作品。一如众口同声所说的,两者并无明显差异。然而所谓通俗小说中的人物,的确具有诗性的性格,这绝不是自相矛盾。若说矛盾,则是此种事实本身矛盾。任何一个人,青年时代性格多少容易罩上诗性的阴影,而随年岁增长,这阴影便逐渐褪去(就此而言,抒情诗人确实永远是少年)。因此,所谓通俗小说中的人物,越老越容易陷入滑稽的境地(不过所谓通俗小说不包含侦探小说和大众文艺作品)。

> 追记:此文草拟毕,出席《新潮》杂志的座谈会,受鹤见祐辅[1]氏的启发,开始考虑所谓通

---

1 鹤见祐辅(1885—1972):日本政治家、作家,著有《坛上・纸上・街上的人》《欧美大陆游记》《读书三昧》等。

俗小说与西洋人所谓的 popular nover（流行小说）间的差别。我所谓的通俗小说论并不适用于 popular nover。本涅特称其 popular nover 为 fantasies（幻想小说），那是因为他向读者展示的是事实上不可能存在的世界，这并非意味着幻渺怪诞，而是人物及事件没有被打上真正的文艺烙印的那个世界。

三十九 独创

如今，正在对明治、大正的文艺进行彻底总结。其原因我不知道。其目的我也无法理解。《现代日本文学全集》也好，《明治大正文学全集》也好，这是文艺上的总结自不待言了，"明治大正名作展"也是绘画上的一次总结。看到这些，我深感独创之艰难。谁都敢轻巧放言，摒弃前人的糟粕，然而看一看他们的工作（或许已经看到），便愈加深感独创绝非轻而易举的。

即使并未意识，但我们总是不知不觉在追随前人足迹，我们称作独创的，不过是少许偏离前人足迹而已，且只要踏出这微小一步——哪怕一步也好——每每会令震惊一个时代。而故意叛逆，反倒难以超离前人的足迹。于情理而言，我赞成艺术上的叛逆。事实上，艺术上的叛逆者绝不在少数，或许较追随前人足迹的更多，他们确实叛逆了，然而却并不清楚究竟要叛逆什么。大多情况下，他们叛逆的是前人的追随者而非前人。倘若叛逆的是前人——或许他们仍会叛逆——则前行道路上必定留有前人足迹。研究民间传说的学者在大洋彼岸的传说中，发现很多日本传说的原型，艺术也同样，倘若细细究察，并不乏底本（如前所述，我相信作家们并未意识到他们参考了那些底本）。艺术的进步或变化，尽管期待有伟大人物出现，但终究不是一蹴而就的。

在这缓慢的步履中，尝试些许变化的人值得我们尊敬（菱田春草[1]是其中之一）。新时代的青年们相信

---

1 菱田春草（1874—1911）：日本画家，曾参与创立日本美术学院。

独创的力量。我也希望他们越来越坚定这一点。变化只能由此发生。世界上有一捧前人培植的巨大花束，往这花束中哪怕插进一枝花也是了不起的大成就，为此首先需要有培植新的鲜花的气魄，这气魄或许是错觉，若以为是错觉而一笑置之，古往今来的艺术天才们可以说也是在追寻错觉。

但固执地将此等气魄只视为错觉则是不幸的。只视为错觉？他们自身或许多少也抱有错觉。对此我无可置喙，然而看见对明治、大正艺术进行大总结，不禁深感独创之不易。观赏"明治大正名作展"的人纷纷评论画作优劣，而至少我却无闲心去评论优劣。

四十 文艺的极北之地

文艺的极北之地或者说最文艺的文艺，能令我们心情平和。当我们接触那些作品时，唯有沉浸于无我之境。文艺或者艺术，就是具有此种可怕的魅力。倘若人生的重点在于行动，可以说，任何艺术从根本上说都具有令我们屈服的力量。

海涅在歌德的诗歌面前恳挚地低下头，但对完美无缺的歌德，竟没有感动我们付诸行动流露出满腔的不平。这不应简单地视为仅是海涅的心情。海涅在《德意志浪漫主义运动》一节中究索艺术的本源，所有艺术越接近完美，越会使我们的热情（付诸行动的）平和下来，受此种力量支配，最后便不易成为马尔斯之子。安于其中者——纯一无瑕的艺术家自不消说，甚至傻瓜也是幸福的。然而海涅很不幸，没有入得无烦恼业障之境。

我饶有兴趣地旁观无产阶级战士以艺术为武器，诸君每每总能自由地挥舞这件武器（当然，无法如海涅的男仆般挥舞者例外），然而它或许有朝一日也会让诸位平和下来。海涅既受此武器压制，又能将其挥舞，其中潜蓄了海涅的无声呻吟。我全身感受到这武器的力量，因此我不会于己无关似的只是观望诸君挥舞武器，尤其我希望其中我所尊敬的一人挥舞这件武器，但勿忘艺术令人屈服的威力。所幸的是，其表现没有辜负我的期望。

他人或许会将此种事情付之一笑，对此我早有心理准备。或许我见识浅薄。即使算不上浅薄，但十年前的经验告诉我，你很难使他人听取忠告。然而我依旧如各位一样努力不辍，终于发现艺术这强大的令人屈服的神力。因此，这对我而言也是一大成就。文艺的极北之地正如海涅所言，与古代石像并无二致，即使面带微笑，也是始终冷然而静默的。

新
流
xinliu

产品经理_时一男　特约编辑_李睿
封面设计_朱镜霖　执行印制_赵聪
营销编辑_郭玟杉　产品监制_吴高林

关注我们

流动的智慧　永恒的经典

图书在版编目（CIP）数据

人生像一本缺了页的书 /（日）芥川龙之介著；陆求实译. -- 沈阳：万卷出版有限责任公司, 2025.6.
ISBN 978-7-5470-6806-9

I. I313.65

中国国家版本馆CIP数据核字第2025TL9494号

出 品 人：王维良
出版发行：万卷出版有限责任公司
（地址：沈阳市和平区十一纬路29号　邮编：110003）
印 刷 者：凯德印刷（天津）有限公司
经 销 者：全国新华书店
幅面尺寸：105 mm×148 mm
字　　数：180千字
印　　张：5.25
出版时间：2025年6月第1版
印刷时间：2025年6月第1次印刷
责任编辑：王越
责任校对：刘璠
封面设计：朱镜霖
ISBN 978-7-5470-6806-9
定　　价：38.00元
联系电话：024-23284090
传　　真：024-23284448

**常年法律顾问：王　伟　版权所有　侵权必究　举报电话：024-23284090
如有印装质量问题，请与印刷厂联系。联系电话：010-88843286**